永远的菲利普

O Filho Eterno

［巴西］ 克里斯托旺·泰扎 著

Cristovão Tezza

马琳 译

人民文学出版社
PEOPLE'S LITERATURE PUBLISHING HOUSE

著作权合同登记号　图字 01-2013-5252

© Cristovão Tezza 2008

by arrangement with Anja Saile, Literarische Agentur, Berlin, Germany

图书在版编目 (CIP) 数据

永远的菲利普/ (巴西) 泰扎著；马琳译. —北京：人民文学出版社，2013
ISBN 978-7-02-010239-6

Ⅰ. ①永… Ⅱ. ①泰…②马… Ⅲ. ①传记小说—巴西—现代 Ⅳ. ①I777.45

中国版本图书馆 CIP 数据核字 (2014) 第 022698 号

责任编辑　欧阳韬　曾少美
责任印制　李　博

出版发行　人民文学出版社
社　　址　北京市朝内大街 166 号
邮政编码　100705
网　　址　http://www.rw-cn.com

印　　刷　北京新魏印刷厂
经　　销　全国新华书店等

字　　数　110 千字
开　　本　850 毫米×1168 毫米　1/32
印　　张　8.625　插页 1
印　　数　1—8000
版　　次　2014 年 3 月北京第 1 版
印　　次　2014 年 3 月第 1 次印刷

书　　号　978-7-02-010239-6
定　　价　28.00 元

MINISTÉRIO DA CULTURA
Fundação BIBLIOTECA NACIONAL

Obra publicada com o apoio do Ministério da Cultura do
Brasil / Fundação Biblioteca Nacional

巴西文化部 巴西国家图书馆基金会资助出版物

献给安娜

我们想要讲述真实，却无能为力。

在描述事物时，我们尽可能忠实于原貌，

但结果总与现实存在着差别。

——〔奥地利〕托马斯·伯恩哈德

儿子就像镜子，

父亲从中看到自己。

父亲亦如镜子，

儿子从中看到未来。

——〔丹麦〕索伦·克尔恺郭尔

"就是今天了，"女人说，"就现在！"她提高了嗓门，伸手去抓男人的胳膊，他看起来心不在焉。

　　是的，心不在焉，也许吧。他就像个临时角色，已经二十八岁却仍未真正开始生活。严格地说，除了些许美好的期望，他一无所有，寂寂无闻。他如同一具快乐的行尸走肉，这快乐偶尔令人不悦。如今面对着怀孕的妻子，他仿佛在这一刻才看清了事实：孩子，他的孩子就要出生了。男人十分开心地笑着，来吧！

　　四年来，妻子一直从各方面给予他支持，此刻正在他的搀扶下等电梯，时间已是午夜。阵痛使妻子面色苍白。她好像说了"羊水"或什么类似的词。男人没留意，他脑中一片空白，这是他第一次做父亲。明天，他将和孩子一同获得新生。他需要放松，从家出来之前，他把一小瓶威士忌装进上衣兜里，另一个兜里装着烟。他想起一部卡通片：一个男人在等候室不停地吸烟，一根接一根，直到护士、医生或其他什么人将一个小包袱递给他，又说了几句很有趣的话。看到这里，所有人都笑了，是的，这场等待很有趣。我们都扮演着这些角色：焦急的父亲，幸福的母亲，微笑着的医生，不知从哪儿冒出来表示祝贺的陌生人。从这一刻开始，时间将以令人头晕目眩的速度向前奔跑，一切都将不可避免地围绕着新生命飞速旋转，直到很多年之后才会停下来，也可能永不停息。整个场景都已经为迎接新生命而布置到位，身在其中应该表现出幸福与骄傲。生命的诞生值得尊敬，我们有一整个字典的词汇适用于这一神圣的场合。

男人发动他那辆黄色的甲壳虫，准备出发。两人沉默不语，但都觉得会有好事发生。他小心翼翼地倒车，尽量避免车尾剐蹭到柱子，这种事情已经发生过两次。此刻他知道吸取之前的教训，就好像他在孩子要出生的同时经历着自我重生，他喜欢这个看似意义深远的类比，虽然他依旧心不在焉。心不在焉是他的常态，因此他烟不离手，香烟如同燃料，为他这部永不停止运作的机器提供动力。他的理想好比一片宽广无垠的土地，广阔却荒芜，只有对还未成型的未来所寄予的空洞期望。"我确实一无所有。"男人会这样对自己说。他的现实生活同他的理想一样荒芜。"没房子，没工作，没安宁。不过现在，我有儿子了。"男人想象着这样一幅画面：他挺着啤酒肚，表情严肃，做着收入有保障的工作，墙上挂着一张完美的全家福。不，这不是他的生活。他注定要走文学这条路，这样的人必须优越于其他人，不为普遍游戏规则所束缚。这不是夸耀，要真正优越于他人就要谨慎、隐忍，要面带微笑。总结来说，他是活在边缘的人。男人没有不满，不满是一种偶尔能让人迅速摆正自己位置的情绪，他还未成熟到能够拥有这种感受。目前他单凭自己的力量无法维持生计，也许这一现实会让他开始感到不满。他经常笑，压力便借由笑声释放出来，这是他唯一的减压方法。

　　在接诊台，护士礼貌地要求他们押张支票做担保金。一切都发展迅速，是的，是的，羊水已经破了，他听到了。填表办手续时，"职业"这一栏让他犯了难，他差点就喊出："有工作的是我妻子，我……"在妻子被搀走前，他们又说了几句话，本该流露感动之情的两人在旁人的注视下表现得很严肃。一件大事正在发生，充满戏剧性，对于生命的诞生，我们总过于敏感，因此他需要尽量平静，假装这一过程并不存在危险，就好比——这比方有点荒谬——即使有人正将他妻子推向鬼门关，他也必须认为一切正常。男人再次感到自己对医院的恐惧，不仅是医院，其他所有气氛严肃的办公大楼都让他感到恐惧。大厅、拱顶、柱子、小窗口、队列以及它们的愚蠢都令他害怕。每一个角落都充斥着官僚作风，即便是这小小的接诊台也不例外。片刻之后，男人在某个病房见到了躺在床上的妻子，她脸色苍白地冲他笑了笑。两人拉着手，羞涩得像是犯了错的孩子。床单是蓝色的，病房里几乎什么陈设都没有，连脚步都会有回声，就像走在教堂里。男人又一次觉得有一个最初就存在的错误，他经常有这种感觉，但却说不清错在哪里。这很痛苦，但很快他就将这些都抛到了脑后。时间正飞快地向前奔跑。

好像有人在说什么，他没听清。在等待的过程中，他完全失去了时间概念。"现在几点了？""入夜了。"此刻男人正独自坐在医院走廊里，面前是两扇带圆窗的门。他不时透过窗子窥探几眼，却什么也看不见。男人脑中一片空白，若能有什么想法，那肯定是："我现在一如往常，独自一人。"这样就好，他挺开心地点了根烟，又从兜里掏出威士忌，喝了一小口，继续着属于他的哑剧。不管怎么说，他的生活到目前为止都还算顺利。他并没有一心想着即将出世的孩子，而是在思考他自己的生活，当然这包括了妻子、孩子、文学和他的未来。他承认自己从未写出什么好作品，只有一本糟糕的诗集，里面是他从十三岁起到上个月为止所作的诗，诗集名为《春之子》。诗歌无情地扯着他的头发，拉他落入俗套，但他觉得该为此时此刻作几句诗，却搞不清目前究竟发生着什么，只是感觉一切都会顺利，因为他希望一切顺利。生活在边缘的人需要冒险，否则就必须忍受体制的摆布，"那就是狗屎！"他差点喊了出来，随即又喝了一口威士忌，重新点上一根烟。

男人二十八岁了，还未从文学院毕业。他总是喝很多酒，放声大笑，漫无目的地阅读。他的文章全部堆在抽屉里没有去处。他曾参加过一个戏剧团，如今他每年还会去那里拜访一次，那是他童年梦想的延伸，他借此寻找往昔的美好时光，却只是徒劳。男人成长于七十年代，他习惯凭直觉去解决问题，并为自己的特立独行感到骄傲。许多年后，他也许会用冷漠的口吻说：人很难重生。他辅导一些学生写作，帮硕士生校对论文，任何主题的论文都可以，因为他只负责语法问题。他放弃了成为钟表匠的梦想，或者说是这一职业放弃了他。若他还有点商业天赋，肯定很适合做个商人，但若能重来，他仍想成为钟表匠，这完全出于他儿时对机械以及精细手工的喜爱。

不管怎么说，他觉得自己是个乐观的人。男人笑了，现在他就像卡通片里的主人公，依旧独自一人在走廊里等待。他又喝了一口酒，初为人父的喜悦渐渐涌上心头。一切顺利，完美的全家福已挂上了墙。孩子将使他的生活更完整，但他相应的也要做出一些牺牲，也许要进入体制。面对这个矛盾，他只能笑笑不语。这倒也不错，至少现在他是"完整的"、"真实的"，他很高兴这些响亮的词汇最终能用在自己身上。这是人的自然天性与社会属性的对决。他质疑这些人云亦云的词汇，希望自己能够无视它们的存在，但那只是他一直以来的幻想，从未曾实现过。他必须时刻保持警惕，才能避免被平庸且无个性的日常生活所吞噬。"真实"无需任何词汇来修饰，它存在于永恒的不安与短暂的空想之中，它是人们眼中闪烁的光芒。

男人又咽下一口酒，就快到达极乐世界。他想为这一刻营造一种神圣的氛围，只属于他自己，别人无从体会。仿佛导演领演员走位：要怀着这种心情，走到那个位置，笑一笑。要这样从兜里掏出烟，然后坐在那个蓝色长椅上，等着你的孩子出生。你跷起二郎腿。心里想着你不想陪同生产过程。现在流行父亲在产房陪伴生产，那是如宗教般神圣的参与。现在人把什么都搞得像宗教般神圣。男人仿佛听到自己说："但你不想参与。"如果年纪再大一点，他可能会说："我的世界是精神层面的。孩子只是我的一个想法，妻子也只是一个想法，有时事情会按我们所想而发展，有时却与之相违背。大多数情况下，我们都无法如愿以偿，但随着时间流逝，我们会开始为其他事情操心，又会有新的想法。他不想提前知道孩子的性别。在之前产检时，黑色的小屏幕上显示出孩子的超声波影像，孩子在黑暗却温暖的环境中动了动。这是一个新的生命，与性别无关。那时他和妻子对医生说他们并不想知道性别。影像看起来一切正常，这才最为重要。

时间仿佛停止了，走廊里格外安静。他偶尔能听到远处传来细碎的声音：脚步声、关门声以及含混的窃窃私语。这些声音带着微小的回响，显得很庄重。他想象着之后的生活将发生怎样的变化，他希望一切尽量保持原样。在妻子恢复期间，他有足够的精力继续以前的生活：即使连日睡眠不足，依旧能喝着啤酒，抽着烟，笑着讲故事。他即将成为父亲，这角色将使他的人生更具威严。他确定自己会是个好父亲，孩子会成为展现他思想的舞台。他已经准备好向孩子讲述自己对整个世界的看法。他记起了《春之子》中的一些诗句，它们将被发表在《文学杂志》上。"是的，那是很美的诗句。"他想。诗人善于提出建议，他们通过比喻告诉你该怎样做，成为怎样的人，怎样呼吸，如何观察世界。每一个比喻无不是对人类美德的回响。他觉得自己头脑中充满了人道主义思想，仿佛是游走于乡间的吉卜林①。在寂静的走廊里，面对即将到来的新生活，他差点放声大喊："我的孩子将是我所有品质的最有力证明！"仿佛是一个理想世界——在这里，普遍宗教精神在国家灵魂中暗暗生长；在这里，有略缺乏理性却超凡卓绝的理想；在这里，有上帝的绵羊复生后所享有的无限安宁——在边缘诗人们身上，尤其是在他身上，得到了解放。理想世界的非理性表现有："留长发，穿凉拖，一切重在感觉，自

① 约瑟夫·鲁德亚德·吉卜林（1865—1936），英国小说家、诗人。

然地生活，性自由，人人平等。"需要有人逆流而上，否则体制会扼杀一切，这早就不是什么新鲜事。也许我们可以说这是他的个人使命。然而某个环节出了差错，他却没有察觉到，因为他的生活一直不安定。"我的生活还没有开始。"他喜欢这样说，像是在为自己的无能辩解着。他花费多年心血致力于……致力于什么？文学、诗歌、不同寻常的生活方式、创作，致力于他自己都不知道是什么的一项伟大工程，这么多年了，完全没有结果！孤独是很好的借口。这个城市到处都是人才，而他的文学作品平淡无奇。他创作的故事，有一些最终出版成书，但在他看来，每一页都有瑕疵。他有本青年文学类小说在全国范围内发售，但几个月后，他和圣保罗的某位编辑就再版问题吵了一架，"我们需要在再版时删掉这一段，因为内地的一些女教师对这段描述提出了抗议。"最终这本书没有再版，他也没有再坚持与编辑争论下去。

他认为那些作品并不能代表他的文学风格。三个月前，他完成了《抒情恐怖主义者》这本书，他的写作有所提高，但仍未完全成熟。他尝试着挣脱大师们的影响，通过理智的指引，脱离繁杂的信息，到达感知世界。他不再是一个诗人。他永远地失去了一种崇高感。对于诗人来说——这也许过于老生常谈——崇高感是写诗必不可少的原料。光有对崇高的理解还不够，这只能把创作引向模仿，他意识到了这一点。他需要勇气和力量来把所有语言汇聚到身边，同时避免陷入荒诞。"我和诗歌之间存在不相融合的部分。"他为自己辩解。创作诗歌就像信仰宗教，而他向来不具有任何宗教情感。独自在沙漠中穿梭的人可能会通过写作来定义他的孤独。这份孤独不是悲伤，而是他的使命。最终男人得出一个让他感到有些痛苦的结论：我从来就未曾真正独自一人过，现在看来——他下意识地看了一眼手术室的门——以后也不会了。不久前，他开始创作一部新的小说，名为《苦难试演》，这作品就像是把他的生活工整地誊写到纸上，不只他的生活，他用充满讽刺的语言书写下所有人的生活，无人幸免。书已经完成了三章。"这是本快乐的书。"他想，"我需要一个'开始'来开始一切。"

他对自己说。只有通过写作，他才能了解真正的自己，至少他希望如此。太多的事情需要计划，但他觉得很好，很幸福。他心里满是主意。

突然，医生推开门走了出来，脸上是惯有的漠然。他一直不喜欢医生，因此也不期待医生能对他笑脸相迎。年轻的父亲没来得及藏起手中的酒，医生表情严肃，但看上去不像是发生了什么，他也就没在意。医生摘下绿色手套，像是终于完成了一项令自己很不愉快又不得不做的工作——这只是男人的模糊印象，荒谬且不真实。

"你还好吗？"他问医生，他觉得医生看起来需要这个问题。

他的思绪已经飞到下个月，七个月后，一年零三个月后，五年后……孩子在成长，长得很像他。

"是个男孩。"医生说。

男人没有说话，仿佛对此并不感到惊喜。如果他开口，肯定会说：我就知道一定会是**春之子**的！

"母子平安。"医生的身影消失在门后。

男人在病床边的红沙发上昏昏欲睡，妻子在凌晨时分被转移到这里。孩子在无菌婴儿室里，这让男人想起了《美丽新世界》[①]中所描绘的场景：在玻璃窗里面，婴儿们一个接一个，整齐划一地进入这个世界。他们都穿着同样的绿色小衣服，脸上皱皱巴巴，有点丑还有点吓人，但实则都是非常脆弱的生命，安安静静地躺在那里。每一个婴儿都像一张白纸，充满了无限潜力。从这一刻起，他们就是巴西人了，葡萄牙语是他们的母语。终有一天，他们会用这种语言讲述自己是谁，为何生存在这片土地上。

① 英国作家阿道斯·赫胥黎所著，是二十世纪最经典的反乌托邦文学之一。

哪个是他儿子？护士指给他看，孩子依旧安静地睡着。他冲孩子微笑，希望能感受到某种情感交流，那该是多么激动人心的一刻，就如同天使伸出手指碰了他一下！然而，什么也没发生，他只能无奈地笑笑。感情需要慢慢培养，并非理所当然地存在。孩子曾只是他的一个想法，一个不错的想法，现在真的出生了，算是开了个好头，但这同时意味着，他需要改变。他也许想说："如今我已身在玻璃窗外，不能再像襁褓里的婴儿一样。"酒瓶空了，他有点醉了，略感头晕，说不清是因为酒还是因为之前等待时吸了太多烟。准确地说，如今他失去了一项特权——自由。从客观角度来讲，有很多方式能够界定一个人是否自由。比如说，他是否被囚禁于监狱中。还有个更实际的例子：他能否随意发表言论和文章。当时巴西正处于军政独裁统治的最后阶段。从主观来讲，自由只是我们的一种幻觉，但有时仅有幻觉也就够了。自由意味着孑然一身。男人爱自己的妻子，这份爱纯净且毋庸置疑，但他偶尔也需要时间多加关注自己，这个还未成熟的小伙子需要收起他的不安，以便更好地面对妻子，而他真正做到这一点已是许多年后了。他有妻子，但他们可以分开，即便离开了对方，世界照常运转，但他和孩子是不能分开的。男人从小到大所接受的教育让他懂得作为父亲他应该为孩子付出，同时他又在思考一些伦理问题：这孩子是谁？与我有何相似之处？我究竟选择了什么？如何让个人自由主义精神与野蛮的自然天性相协调？个人自由主义精神使得西方发展进步，而野蛮的自然天性导致一系列事情发生，让我最终面临今天的局面——当上了父亲。卢梭抛弃了自己的孩子，想起这件事，他觉得挺有趣。还是"美丽新世界"比较好，那里的生命在诞生时不需要父母，也不经历任何痛苦。我们都活在黏着的关系网中，每一个人身上都黏附着别人。这想法所产生的画面并没有让男人感到恶心，他继续透过玻璃对着孩子笑。孩子躺在小被子里，静静地呼吸，看起来一切都好。这是春之子！男人记下了时间：1980年9月3日，黎明时分。

这是充满不安却又十分幸福的一夜。他醒了过来，每个动作都能感受到重生的快乐。重生，或者说是发生了位移，他已经离开了长久以来习以为常的位置并决定做好准备来适应新位置。这次位移是永久性的，既然无法回避，不如尽快适应。总的来说，他觉得这是件好事。现在几点了？妻子身下的病床看上去像是祭台，又像是由杠杆联动的精密装置。他一直喜欢精密装置——他曾经梦想成为钟表匠。他花了点时间观察病床，发现前端有个曲柄，就像福特 T 型车上那种，由它来调节升降。一个护士进来看了一眼又出去了，脸上不带一丝笑容，机器都是如此运转的，有效率就行。妻子睁开了双眼，表情平和。他有点害羞地凑了过去，担心妻子期待他能够表现得很激动。他不擅长表达自己的感情，有点抵触过分地情感外露，在这方面他略显笨拙。比起疯狂的爱意，他更喜欢诙谐的柔情蜜意，但他自己还不清楚这一点。他的双腿还不足以支撑起他心灵的重量。

妻子的手变温暖了。

"还好吗？"

"挺好的。"她说，"就是还有点疼。医生来过吗？"

"没有。"

生产是自然而粗暴的过程。母亲在身体崩溃前使出最后一点力气，孩子被挤出来，那是脆弱而又具有一定重量的生肉，裹着鲜血。这一过程原始得如同漆黑的山洞，然而人们创造了各种美好的词汇去掩盖这一事实。

"给家里人打电话了吗？"妻子第一次露出了笑容。

家里人，家庭令人恐惧，但我们需要这种恐惧，或者说，我们避免不了。"现在我有自己的家庭了。"他想，"别再吵了，只有阿拉伯人和犹太人才能忍受生活在战争中。"男人觉得这笑话挺有意思，差点要讲给妻子听，最终还是没讲出口。

"我现在就打。几点了？"他这么问，就好像妻子能知道时间一样。

男人开门出去，发现门外挂着个蓝色的娃娃。他很荒谬地首先想到了这是否要收费，但马上便不再多想。一切都在顺利进行。他走到婴儿室，透过玻璃看着排列整齐的新生儿。男人试图认出自己的儿子，但孩子好像不在那里。该给他取什么名字呢？若生女孩就叫爱丽丝，男孩叫菲利普。菲利普，好名字，既简洁又锐利，如同骑士在地平线上的身影，轮廓清晰，透着一份不彰自显的威严。他一边幻想着骑士，一边不停念着这个名字，几乎要大声喊出来，他想试试这名字叫多了是否就不好听了，它是否会在回声中失去威严——菲利普，菲利普，菲利普，菲利普。不，并没有变化，骑士依旧在地平线，坚定地坐在马上，右手挥舞着长矛。

一对老夫妇站在他旁边，笑眯眯地指着某个婴儿。他

们向男人投以微笑，分享着喜悦。生命的诞生会带来一种
集体幸福感，在人类大家庭中，所有人都是兄弟姐妹，彼
此都有相似之处。男人回以微笑，有点害羞地说了句"恭
喜"便转身离开了。他怕老夫妇会继续跟他寒暄。他得去
打电话，有很多人要通知，而他还没买电话卡。他不打算
借用接诊台的电话，虽然这样很方便，但更有修养的做法
是：自己买电话卡去打公用电话。接诊台的护士们也不希
望有人借用电话，专门弄了个牌子写着：此处售电话卡。
在出口楼梯旁就有一排公用电话，其中一个的听筒不知被
谁拽了下来，孤零零的拖着线。

　　这是一个凉爽的早晨，柔和的薄雾预示着天气将会晴
朗，天空将万里无云。男人先在附近转了一圈，一边深呼
吸，一边试图计划好这一天，一个星期，一个月，一年，
还有他之后的人生。现在可没有回头路了。这样很好，他
笑了笑。老话怎么说来着，身后的门已关上，未来之门刚
刚开启。男人仍然会有自己处于劣势的感觉，但他具有一
种朴素的骄傲，时而倔强，时而迟钝，间或有些懦弱，在

幽默感的强化下,这份骄傲变成了他战胜自卑的强大武器,他很清楚这一点。从小到大,很多时候他都觉得身后已无退路,但事实证明还是有的。街角的路灯还亮着,对抗着逐渐强烈的日光。他回想起自己那放浪不羁的青春期,他曾在库里奇巴[①]的广场嗑药,只为了享受致幻剂造成的耳鸣以及五彩缤纷的幻觉。某一次那嗡嗡的耳鸣声持续了两天,他害怕了,决定不再这样下去。他做到了,因为他并不是街上没人管的野孩子。当时他十五岁,在一所好学校上学,有不错的家庭,有慈爱的母亲,还有颠覆整个世界的欲望。而现在,他拿着电话卡笑了,现在他已经找对了位置,他准备好用自嘲来避免自己的堕落。现在他已是体制内的人了。家庭是一种体制。"五十年之后,世界上将不再有家庭,这样一来,世界会变得更美好。"他只是幻想,并不相信果真会如此。"而现在,就让我们拿好武器准备战斗吧。"他的语气已略带嘲讽。

"是的,刚出生没多久!是男孩!我还不知道体重是

---

① 巴西南部最大城市,为巴拉那州首府。

多少，看着圆滚滚的！我谁都没通知，因为没必要嘛。"其实他心里想说：我等着我的孩子出生，叫你们都来边上围着还不够添乱呢！他继续礼貌地说："天快亮的时候生的，没好意思打扰你们。对，是。你们快来吧！叫菲利普！这名字不错吧。她也很好。谢谢。我们得好好庆祝！"

医院对面有家餐厅，大招牌上写着"炸鸡"，员工正把垃圾往外拖，发出很大噪音。新的一天开始了。餐厅还没开门，男人想直接去要杯啤酒，但最终还是放弃了这个想法，转身进了医院。他回到病房，看了眼表，又看到了这一天的日期，3号，他的第一个孩子出生了。妻子安静地睡着，男人感到骤然袭来的困意。他真不该现在通知亲戚们，他们就快到了，但他只想睡觉，仿佛正有人用力把他的上眼皮往下拉。男人蜷缩在红沙发里，回想起了儿时的某个瞬间。灯还开着，他闭上眼，很快就睡着了。

这是男人生命中最充满活力的一个早晨。亲戚们到了，吵醒了他。男人很开心，还有点亢奋。他一夜未眠，又喝了不少威士忌，现在精神高度紧张而且总觉得有些无所适从。医院这种公共场所让他不知所措，这是不属于他的空间，一切都那么陌生。早些时候的好心情逐渐被痛苦所替代，痛苦伴随着他的每一次呼吸。他现在的状态有点像极度恐慌的产妇，分娩时过于恐惧而不想要孩子，但这想法只会一闪而过。他不过是个没有工作的男人，现在他有了儿子，孩子对他而言不再只是个想法，也不只是迎合他那首荒谬的《春之子》所表达的愿望。亲戚们都很高兴，不停地聊着。男人由于睡眠不足而绷紧的神经逐渐舒缓。

"他长什么样啊？"

"皱皱巴巴的。"很多人都这样形容新生儿，男人觉得自己这样回答一定会引人发笑，果不其然。他继续说，"孩子很壮实，看起来很健康。"所有人都爱听这样的话，"你们都想见他吧，但得等到探视时间，他们会把孩子抱过来。"

妻子表情祥和，"是的，一切都很顺利。"亲戚们开始提各种建议，讲解着各自的育儿经，重点在于指导这位不怎么聪明的父亲。他开玩笑说："我专门上课学过怎么做父亲。"他确实上过课，和妻子一起，还有其他几对即将为人父母的夫妻。这种课程主要是由医生讲解一些分娩及育儿的基本知识。他现在只记得医生的一句话：最好和老辈人搞好关系，偶尔让他们帮忙照看一下孩子，这样便能两个人出去吃个晚饭，体会一下再也回不去的二人世界。

亲戚们仍在继续各抒己见，现在说到母亲需要吃什么来补身体，有人说喝茶或草药之类，也有人提议喝奶。有亲戚说孩子出生的时候得打一下，这样才能哭出来，又有人说此种说法早已过时，拍打新生儿简直太愚蠢了——原话并未用到"愚蠢"这个词。

"他们怎么还不把孩子抱过来？孩子是几点出生的？医生说什么了？你都做什么了？生的时候怎么没通知我们？万一出了意外可怎么办？名字起好了吗？"

"嗯，叫菲利普。"

亲戚们兴奋得不得了，男人却觉得精疲力竭。他想回家，整理好一切，建立新的生活秩序。他需要赶快继续写作，他想重新把所有精力都用来创作《苦难试演》。只要能逃避现在的生活，做什么都好，去喝杯啤酒是个不错的主意，他几乎要四处张望为自己寻找一位酒友来倾听他这一天的经历。他要整理思绪，把这一天作为重生的起点。他会反复斟酌字句然后告诉别人：我的生活有了新的意义。为了让生活井井有条，为了继续我的梦想，我得好好规划一下。男人在亲戚们中间傻傻地笑着，他想："孩子就是对我真实存在的证明。"他的思绪又飘到了卢梭身上，卢梭的梦想是与自然融会贯通。男人虽从未以此为梦想，却一直从中汲取灵感，不敢放手。除了这种精神上的联系，他还有什么？权威都是其他人的，他从不曾拥有。文学是最后一块自由的净土，也许他终会在上面印上属于自己的标记。他应该通知他的老师，得到他的祝福。也许多年之后，他会有自己的学生，某个女学生会写信告诉他为什么大家都觉得他不亲和。"你总让人觉得是在戒备着什么。"这是多数人对他的第一印象。此时他还不知道这一点，但生活还是美好的。他也还不懂，孩子出生后，他的婚姻就迈入了新的阶段。他仍然一无所知。

突然，门开了。一位儿科医生和一位妇产科医生走了进来，其中一人手里抱着孩子。他们看起来极其严肃，不苟言笑，像军人一样。愉快的气氛瞬间变得有些沉重。病房里有十几个人，妻子醒着。医生们匆匆进屋，步伐坚定，一左一右走到病床两边，把孩子放到了母亲面前，就像献上祭品。所有人都收起了笑容。两个医生就如同祭司，曾几何时他们中的一个用刀划开了人的肚子，从里面取出了未来。五秒钟的沉默，所有人一动不动地看着医生一点点解开裹着孩子的小被子。这一刻神圣得仿佛某种仪式，众人心怀敬畏地默默注视着医生的每一个动作。

医生开始说话，男人似乎还没反应过来，只是断断续续地听到些只言片语：

"目前有一些特征……比较重要的表象……我来解释一下。请大家看一下孩子的眼睛，外眼角上斜，有内眦赘皮……手指比较短，小指向内弯曲……头颅扁平……肌肉松弛……耳朵位置较低……"

年轻的父亲突然记起一篇论文。两个月前他帮朋友修改论文的语法错误，是篇基因学方面的论文，专门讲一种名为"21三体综合征"的病。这病也叫"唐氏综合征"，八十年代时，人们习惯称之为"蒙古症（先天愚型）"。他还清楚地记得文中所描述的病患特征。出于好奇，他和朋友讨论了很多次。他记起上面写到某个阿拉伯裔家庭在得知孩子患有唐氏综合征后马上问了一个问题："他以后能生育吗？"他当时觉得这问题很好笑。

他一直没能真正理解"永远"这个词的含义，而现在，他无论如何也没想到，自己会在这种情况下明白了什么是绝对的"永远"，不可逆转，没有退路，再也回不到从前，这是他一直在逃避的一种感觉。以前他总能找到各种方法补救，但这次不行了。他曾经多次力挽狂澜，这次却不可能了。以前总有重新来过的机会，但现在，一切都已尘埃落定。他必须成熟起来，开始面对现实。他已经听不进医生的话，只是不停在脑海里回忆着论文的细节，他帮朋友修改了不少语法上的小错误。有一个冰冷的科学词汇能够准确概括出孩子身上的种种表象，那就是："先天愚型"。

他不想面对现实，只想回到医生到来的前一秒，然后停在那里。他就像传送带上待宰割的牛，希望时间能停下来。其他人的视线都聚焦在孩子身上，而他不想看，大家都因为太过震惊而沉默不语，孩子患病的消息就像最恶毒的诅咒。年轻父亲觉得没有比这更糟糕的事情了，就算死亡也不能把他摧毁得如此彻底。当有人去世了，悲伤只持续七天，生者在七天内做完该做的事，继续开始新生活。而他所要面对的情况没有尽头。他往后退了几步，撞上红色沙发才停了下来。他抬眼望向窗外，视线转到各个方向，就是没往床上看一眼。他在否认一切已发生的事实，拒绝去听，拒绝去看。他不想面对妻子，拒绝看她哪怕一眼，发生这样的事，他们本应该最先想到对方。剩余的理智让他没有爆发。他确切地记得在众多可能导致蒙古症的原因中，母体年龄和家族遗传因素已被确定。这就像是他手上的一张王牌，游戏最后他将其甩出，报复似的对所有人说：这病我懂，我都知道，不用你们告诉我！在无尽的痛苦中，他只能一直望着窗外的蓝天。他记起之前曾和妻子找医生咨询过关于基因遗传的问题。妻子童年患上眼疾，视力有限，但对生活影响不大。他们想知道这是否会遗传给孩子。如若遗传，孩子是会患上同样的病还是仅为此种致病基因的隐性携带者。

他拒绝接受现实，不看孩子，也不看妻子。他的视线不曾停留在任何亲人或医生身上。他为有这样的孩子感到羞耻。以后的生活，每一分钟对他来说都将如同深陷地狱一般。"没有人会在第一个孩子出生时完全做好准备。"

他在心里为自己辩解，"更何况是这样一个孩子。"他无论如何也无法接受。

当他最终把视线从窗外收回时，亲戚们和医生已不在病房里。妻子抱着孩子，沉默不语。他还是不想看一眼孩子。他尽力思考如何能够解决现状，毕竟时间无法倒退。他突然想："所有人都有选择权，我们并没有被判定要过怎样的生活。我不需要这样的儿子。"这想法让他有了重新站起来的力量，但却指引着他一步步走向更黑暗的地方。他差点就在自己想象的对话中说："我也不需要这个妻子。"那是没有听众的对话，他一如往常，只是独自一人。

更多亲朋好友听说了孩子的事，在短时间内都赶到医院，陪在年轻父亲身边。这是一种充满悲伤的团结，然而他现在不想理会任何人。他仍旧在拒绝。生命的下一分钟就在面前，但他不想推开面前那扇门。在沉默中，他发现自己哭了，便马上擦干眼泪。他迫切地想说点什么来打破弥漫在病房中的死寂，却做不到。他不知道眼睛该看哪里，也不知该对抱着孩子的妻子说什么。文明与修养让他在这种时刻握住了妻子的手，但那只是个虚假的动作，不带任何温度。他并没有看妻子，视线在墙壁上飘忽不定，像在寻找一个出口。在需要发言的时刻，他总是找不到合适的话语。许多年前，他初中毕业，他想争取在毕业典礼上代表班级发言，若能获得这个机会，便是多了一份荣耀，意味着他终于变成了一个重要角色。然而，他却只会说："同学们！"他把手一挥，姿势到位，声音洪亮，但脑子里却一片空白。词汇仿佛是树上的果实，他只要伸手就能摘到，但他却无能为力，再也说不出什么。如今那无力的感觉又回来了。心情不好的时候，他会在脑中加速对未来的构想，时间以令人晕眩的速度飞逝，事情一件接一件发生，如同连环画，一幅幅画面走马灯似的闪过，然后衰老，最终迎来死亡，故事画上了句点。现在他所经历的这一刻也许是注定的，但这又有何意义？一个无名小卒生命中无足轻重的一刻，为一个同样无足轻重的人担忧，而这个人只是众多数据中的一例。在妇产科，每1000个新生儿里面就会有一例唐氏综合征患者，他的孩子只不过是其中一例，只是为相关领域的研究增加了数据。

世界上有各种各样的人，愚型孩子的智商不及正常人的一半，"愚"这个字说明了一切。他们不能自理，不具有正常人大脑所具备的伟大能力——抽象思维。对于他们来说，时间并不存在，只有无数个记不住的"昨天"以及模糊不清的"明天"。他们口齿不清，只能说出并不完整的短句，从他们口中绝对说不出被动语态的句子，"窗子被若昂打碎了"这样的话他们根本无法理解。他们走不稳，步伐缓慢。若是家长不注意，先天愚型的孩子很容易患肥胖症，因为他们饿了就会一直吃，但感觉到饱的过程却比一般人迟缓。不只这一点，而是一切都比一般人迟缓。他们只能看清近处的物体，只有把东西拿到手上才会觉得它们存在。在性格方面，愚型孩子很固执，胆小，不太能控制自身情绪，会定期爆发。他们要比正常人花更多的时间才能学会走路。患儿们身材矮小，面容特殊，总是张着嘴，舌头比较大，脖子粗。这可怕的孩子已经占据了他生活的全部，他可能还没意识到，但确实如此。隐形的绳索已将他们绑在一起。突然，他想起了那篇论文中还提到了一点，一个经过科学分析得出的不容置疑的事实！这一事实让他在彻夜不眠又经历了噩梦之后瞬间得到了救赎！自由的可能性！

他放开妻子的手，快步走出病房。强烈的喜悦洗涤着他的心灵。他要慢慢吸吮这个科学事实：唐氏综合征的孩子寿命短。由于比常人多出一条 21 号染色体，患儿免疫力低，易感染疾病。普通感冒很容易就会转为肺炎，然后死亡。他心想："可能也就是几个小时的事。"他继续回想论文，里面还提到该病患儿大多心脏有问题，这也是寿命短的原因之一。"极其短暂，"他在心里重复，如同老师在课堂上向学生们强调这一点，"这很悲哀，但却是事实，你们都记下来了吗？"除此之外还有其他若干瑕疵，这要是辆汽车，绝对不能上路。他点了根烟，猛吸一口，曾经的正常生活随着美妙的烟味一同回来了。"你看，就没有上了年纪的先天愚型患者。"他自言自语。你确定吗？没准会有人举手提问。"确定，毫无疑问，他们都已在幼年时死去。"他想在交通高峰时段到人流最拥挤的地方去一一确认：不存在年纪大的先天愚型患者。"你自己看吧，去人群中找，他们不存在。"

时间将近中午，妇产科很忙碌，护士问了他什么，他回答说不用，他马上要出去。男人不再多想自己的新发现，怕想多了会浪费这突如其来的自由之感。一切都要看孩子的情况有多严重，也许过不了多少天，他就自由了。

历史上没有对先天愚型患者的记录，他们是一种"缺失"的存在。从柏拉图的箴言到中世纪的经典名著，从《堂吉诃德》到巴尔扎克的《人间喜剧》，再到向来心系社会弱势群体的陀思妥耶夫斯基的作品，无一提到先天愚型患者，所以说，他们是一种"缺失"的存在。并不是因为他们受到迫害或歧视，男人心想，他点上一支烟，仅是出于一个简单的事实：他们自身免疫力低下，寿命短。天气果然很好，风和日丽，清晨的薄雾早已散去，留下澄澈的蓝天，万里无云。他觉得库里奇巴的蓝天是世上最美的风景之一。在《尤利西斯》里，詹姆斯·乔伊斯并未让利奥波德·布卢姆在那绝对的二十四小时里遇到任何一个患先天愚型的孩子。托马斯·曼的作品也完全忽视了他们的存在。再说电影，男人努力在脑海中搜寻他对电影的记忆，从电影诞生到现在这八十几年里，从未有任何关于先天愚型患者的故事，今后也不会有。先天愚型患者都在医院，活在接诊室里。他们很少能活过……多少岁来着？男人想大概是十岁，他又想了想自己的年龄，觉得十年太长了，也许只能活到五岁，他开始做白日梦：无数岁月从他眼前经过，朋友们为他的损失感到悲伤，安慰的手落在他肩膀上，一切皆是徒劳，孩子昨天去世了，是的，没有再抗争下去。大家从墓地回来，内心无比悲伤，然而从这一刻起，生活不是又重新开始了吗？清风拂面而过，已逝的孩子仿佛只是为让父母团结在一起才来人世走了一遭。不久后，在一个美丽却悲伤的清晨，他将走在巴里古伊公园里，回想着孩子在世的那五年……三年时光，也许只有两年。"心灵的勇气"，这词才最适合开始他的演讲，"同学们！我们的心灵需要勇气！"

为何要担心？他把孩子寿命短的事实当做避风港。一切不过是上帝给他的考验（若上帝真正存在），只为测试他的心灵是否勇敢，就如同约伯①所经历的痛苦试炼。经

---

① 出自《圣经·旧约》中的《约伯记》。

过考验后，他的世界将重新整合。他一直很乐观，作为一个生活在二十世纪的人，他为日新月异的科学技术所着迷，热衷于享受生活，被知识所吸引，埋首于文字世界中，坚守着人文主义和自由精神的两三个理念，做一个乡间的潘葛洛斯[①]，逐渐变化、成长。与此同时，一张看似永不能突破的情感之网始终向后拉扯着他，让他动弹不得。"我没有生存的能力。"他总结道，"我从未有过一份固定工作。我自认是位作家，却没有任何拿得出手的作品。我所拥有的只是一个刚出生、不久就会死去的儿子，但这临近的死亡，死……"他点上一根烟，试图不再继续想下去，并努力想让一切恢复正常。"现在该做什么？吃午饭？"其实在他看来，孩子已被预告的死亡是他生活里唯一一件好事。

[①] 伏尔泰的小说《憨第德》中的人物，为主人公憨第德的老师，是莱布尼茨的信徒。

事情一件接一件发生，如同正在快进的卡通片，当他回过神来的时候，一家三口已经在家里了。花花绿绿的礼物、各种盒子、铃铛、装饰品、尿布、爽身粉，还有衣服、鞋子、围嘴、玩具，这些东西堆满了房间的每一个角落。不论是医院病房门上挂着的蓝色娃娃，还是家里的一堆婴儿用品，全都给人一种"一切正常"的错觉。夫妻两个很自然地交谈，像什么也没有发生，直到偶尔其中一个人突然陷入沮丧，另一个人便立即想办法安慰，让一切尽量恢复正常。孩子活不长，这一想法，或者说希望，一直悄悄地安抚着男人的神经。他没把这些告诉妻子。他曾幻想过孩子因发烧去世，他会抱着妻子，安慰她。然而妻子很清楚孩子可能出现的危险，她努力不让任何意外情况发生。在最初的那些日子里，她每时每刻都注意着孩子，警觉于每一个微小的迹象，以免孩子的生命受到任何威胁。作为一个唐氏综合征患儿，菲利普看上去挺健康。他总是张着嘴，哭起来没完没了，一睡下就会睡很长时间。有人建议说不能让他总睡觉，要叫醒他，让他多活动才会更好。"对谁来说更好？"年轻的父亲自言自语。菲利普活动的时候看起来和正常孩子并无两样。"他的舌头好像比其他孩子更长，"男人想："婴儿们就像软体动物，很容易能摆出各种姿势，他们的外形每天都在发生细微的变化。"若他把手指放到孩子手掌上，孩子会用点力握住他的手，大家都说这说明孩子很健康。"但是他的头，"年轻的父亲想，"还是太大了，尽管婴儿的头都显得比较大。他的脖子也好像比其他孩子粗。哭起来声音特别尖细。这些能算正常吗？"

不，他的生活再也不会正常。这是他第一次因"正常"而感到苦恼。他从来都不能算是一个"正常人"。多年以前，他的父亲去世了，这让他不再懂得"正常"的标准。从那之后，他的所作所为使他脱离了生活正轨，然而他又很渴望得到别人的认可与称赞，这一点倒是挺正常。在孩提时代和青春期，他都过着比较典型普通生活，那成年之后呢？他有理念，却与现实格格不入；有梦想，却无力将之实现；有希望，却总以失望收场；有学识，却看不到未来。一切都只是纸上谈兵，从未变成现实，因为他不敢冒险，害怕体会孤独，然而如今，他每天正是活在让他痛苦不堪的孤独感之中。他曾试图成为商船上的水手，也考虑过做钟表匠，还搞过戏剧，不过最终都半途而废。他很依赖在他眼中堪称完美的一位老师。尼采式的高傲让他满足于过往的时光，最终他失败地选择了结婚，踏进"围城"，在荒谬的仪式上签着荒谬的法律文件，还穿着西装（没系领带，他坚持到底——不打领带！）。生活好像没有任何方向，他紧抓着过去，不愿放手。大学的课程并未能让他轻松地进入社会体制，他一直是无业游民，是没有作品的作家。如今他将会有一个新身份：一位失去儿子的父亲。

他需要解除戒备，勇敢直面事物的真实面貌，不逃避现实的重负。"一整个世纪的哲学思想如今都汇聚在这空洞的一瞬间。"他想。问题在于他周围的事物——孩子、他常年累积下的抱负以及那些造就并滋养了他人格的雄心壮志——本就是没有实质的存在。世界本不会说话，是我给了它语言，是我为所有事物命名。我有一种至高无上的力量，那便是伪造事实真相，我就是自恋的米达斯①，随心所欲，让一切事物都迎合我的喜好。几乎所有人在大部分时间都会如此，伪造事实让一切对自己更有利。于是每个人无时无刻不在说着莫名其妙的话，表现出一种对沉默的集体恐惧。还有其他可能吗？一切都是没有本质的存在。"这话确实有道理。我需要逃离这令人窒息的环境。你从儿子身上看到什么叫命运，你不会去逃避命运，还是说你逃不开？为什么？为什么我不能选择另一条路？"这个问题将反复出现在他今后的生活中。"因为我的本质已然成形。"他回答自己，"是

① 希腊神话中的佛律癸亚国王。

我亲自打造的。我的自由是个十分窄小的空间，只容得下我一个人。"

在黑暗中，孩子安静地睡着。

男人点了一支烟，独自坐在客厅里，享受少有的安静时刻，然而这份安静没能持续多久。从卧室隐约传来妻子的啜泣声。他一动不动，只是听着。孩子不会吸吮母亲的乳汁，他们要折腾很久才能让儿子吸进几滴奶。最后他们选择了吸奶器：玻璃制的小漏斗连着一个橡皮吸囊。这件精致的器具让男人联想到一些老旧事物，比如老电影里的药剂师、中世纪的炼金术士。他看着奶水逐渐被吸出来，觉得这吸奶器仿佛是出于达·芬奇之手的新奇发明。奶水泛黄，看起来不像是奶。他知道妻子这些日子一直处于精神紧张的状态。有一天，妻子忍不住了，绝望地边哭边喊："是我毁了你的生活！"他没回答，像是默认了。他抚摸妻子的头发，舒缓她的痛苦，却丝毫无法减缓现实的残酷。此刻他坐在客厅里，心想也许妻子说的对。"应该直面事实。"他想，"是她毁了我的生活。"男人躲在这句话背后，感到些许安慰。

正常。遇到其他人的时候，他该说些什么呢？"是，我的儿子出生了，对，他挺好的，他是先天愚型。"不行，这个词太过沉重。1980年，少有人知道什么是唐氏综合征，比较委婉的说法是：只是有点小问题，他有"蒙古症"。然后还要继续解释。人们听到这种新奇词汇之后，通常都不知道该如何反应。对于那些难过地说"真难以置信！"的人，他会拍拍他们的后背，用微笑让对方安心，然后说："但一切都还好，患这种病的孩子情绪还算比较正常，经过有效治疗，他们基本无异于正常人。""基本无异。"目前他想要解决的问题并非孩子本身，而是孩子对他生活的影响。总要向别人解释孩子的状况，这是个很大的问题。他查阅了百科全书，发现"唐氏综合征"是以英国医生约翰·朗顿·唐（1829—1896）的姓氏命名的。这位医生依靠大英帝国传统的医学技术，首次描述了该病症的特征，并强调了患者的面部特征与生活在亚洲边缘的蒙古人相近。自此人们习惯把唐氏综合征患者称为"蒙古人"。

居然用一个民族的面貌特征来定义一种疾病的病症，这位医生到底是怎么想的？英国人喜欢订立标准，貌美如太阳神的查尔斯王子便是正常人种的标杆。男人在黑暗中笑了笑，重新点上一支烟。对蒙古人如此不敬的称呼为何能被广泛接受且持续了一个多世纪？是的，被广泛接受，他才想起自己也曾接受这样的叫法，这让他打了个冷战。几个星期前，他和一位同学在聊天时说起某位他认为很愚蠢的老师。他当时说："她就像个'蒙古人'。"他在那篇论文里看到了这个词，便随手拿来用，就像从树上摘下一个果子。俗话说得好，不要朝天空吐口水，会掉进你自己的眼睛。这种充满智慧且实用的俗语总能告诉人们隐藏于事物中的秘密道理。

"正常"的问题。也许他该为那些刚刚得知他生活悲剧的人写一个剧本，台词则是他们在这一场合应该说的话，就比如："真难以置信！但现在医疗水平很好，不是吗？有什么需要尽管开口。"然后他会说："谢谢，一切都会好的。"之后他们就会转换话题。其实他也不用解释很多次，路上遇到的人，大体都是陌生人，也就有那么十来个人认识他，而这些人已经都知道了，无需多说什么。大部分情况下，他只是说："是的，孩子会好起来的。他叫菲利普。谢谢你们关心。"话题结束，无人再多问，也无需再回答，生活向着正常的方向前进。他松了一口气。

　　然而问题在于，他的生活中没有适合孩子的位置。他突然一惊，想起自己那首名为《春之子》的诗，如今他强烈地觉得那首诗糟糕透顶，毫无品位且庸俗至极。这诗将被刊登在文学杂志上，想到这里，他一身冷汗。他也许应该同意刊载，也许读者们会称赞他的才华和感性，他们会紧紧握住他的手说："你居然克服了生活中的困难！"边说边露出敬佩的微笑。是的，所有人都知道他有才华。然后谣言四起，说这是他为患病的孩子所作的一首充满父爱的诗。必须阻止出版社，他已毫无睡意，只记得明早要先给出版社打电话，请求他们不要刊登那首诗，还来得及吗？他没意识到，仅是一点点沉重的现实便提升了他对文学的感悟。但现在要说的不是这个问题。

羞耻。"羞耻心，"他以后会说，"是最能控制社会的一件工具。"它让我们时刻表现正常。不要脱线，不要发疯，最重要的是不要做出任何荒谬的事。然而他真心觉得自己已经越过了这道难关。在戏剧团的那几年，他经常和其他年轻演员在街头表演，什么尴尬情况都遇上过。不过那时他有戏剧团做盾牌，他年少轻狂，对一切都毫不在乎。那时的他可以为所欲为，可以选择自己喜欢的生活，没有注定的命运，只有自由所产生的狂妄：你们都去死吧！

肯尼迪家族曾向外界隐瞒他们有个智障的孩子。这其中肯定有很多原因，但最重要的一点莫过于羞耻。羞耻心影响着每一个人的行为，从清洁工到总统，无一例外。它是一把强大的钥匙。我们常说："那些政客们应该感到羞耻！"以此来平复内心的怒气。如今他也会感到羞耻了，这个简单的词以前从不曾对他有任何影响，他曾认为只有平庸的人才应该感到羞耻，和他毫无关系。他觉得有什么出了错，错误不在孩子身上，而在于他自己，这感觉如火焰一般灼烧着他的皮肤。

　　孩子依旧睡着，妻子也睡了。男人在黑暗中又点上一支烟。妻子说得有道理，是她毁了他的生活。男人舒了一口气，感觉内心很平静。

两天后，年轻的父亲又有了能让他继续逃避现实的新想法。他觉得可能是误诊，孩子也许是正常的，或者只是有些先天的小毛病，没有唐氏综合征那么严重。

　　解除疑问的方法只有一个：做核型造影。也就是拍摄染色体组型图。其实误诊的可能性极小，他自己也知道。孩子拥有唐氏综合征的所有明显体征，就如同是这种病的活标本，可以作为教学实例。他向基因学教授咨询，发现还存在另外一种可能，宛如奇迹却有真实科学依据。数年前，一位法国学者在研究一对患有 21 二体征的双胞胎时发现，染色体异常所导致的表象是部分性的：在多出来的那根致病染色体上，有特定的一段会导致孩子智力低下，另外一段导致其外貌异常。这对双胞胎的情况十分偶然，他们的基因出现了"分配问题"，双胞胎中的一个人拥有完全正常的外貌，却智力低下；另一个外表具有唐氏综合征患者的特征，智力却完全等同于正常人。这一实例是一个奇迹，正好被那位学者遇上了。奇迹不会每天发生，但年轻的父亲抓着这一微乎其微的可能性，不肯放手。"对，菲利普是正常的孩子，你摸他的手，他会攥住你的手指！"他激动地说："很有可能他的致病染色体只有控制外表的那一段是异常的，和影响智力的部分无关！"这一幻想又让他舒了几口气，幸免于窒息。他在幻想空间里大步前进，开始担忧起孩子的外貌，"以后要怎么向别人解释孩子只是外貌有些奇怪，实则完全正常呢？"除了这种奇迹般的可能性，还有一种更可能出现的情况：孩子抵抗力弱，因一个小感染而丧命。不管以上哪种情况发生，他都会像潘葛洛斯一样快乐！他需要安静地度过这段等待的时间，不去面对现实，就让时间在无意识中慢慢流过。待风平浪静之后，他会独自一人精神饱满地重新出发，更成熟、更坚定地面对自己的命运。

　　他首先要面对的是孩子的染色体组型图。直到五十年代中期，人们还不知道"先天愚型"的致病原因，是法国医生杰罗姆·勒琼发现了该病和21号染色体异常之间的关系。年轻父亲专心读着从基因学教授那里拿到的材料。勒琼在丹麦展示了自己在法国实验室所拍摄的基因图像，之后他又在加拿大发表论文，证明"先天愚型"是由染色体异常造成的。此后一年内，他的研究被出版成书，"先天愚型"成为了人类首次发现的由染色体缺陷导致的疾病。这使得整个世界在破除迷信的道路上又向前迈进了一步，"先天愚型"不是因为魔法、巫术或诅咒，它只是个小概率的科学事实，是自然出现了错误。总的来说，世界只是冰冷科学现实的堆积，染色体组型图的出现再一次证明了这一点。男人闭上双眼，试图在绝望中握紧最后一点尊严，"凡事都有可能。"他重复着这句话，仿佛只有这样才能逃离深渊。有个问题他始终不敢去想：如果最终确诊了呢？

　　男人想起他们还在医院的时候，他哥哥来看他。他又点上一支烟，盯着天花板出神。

　　"你知道我要说什么。"哥哥说，那语气严肃得如同祭司在低语着古老的秘密。他的脸庞逐渐靠近，像是伪装成基督徒的异教分子正在黑暗中行走。哥哥把一张纸递给他，上面是他以前写的诗，那时他正在葡萄牙游览，作了十首诗寄给了哥哥。"凡事都有原因，也都有解决办法。"他哥哥是一个即使高烧42度也不吃药的人，最多在脑门上盖个凉毛巾，他坚信"大自然知道该怎么做。"年轻的父亲打开折叠的纸，已经预想到是哪一首诗。对于哥哥给予的不温不火的安慰，他感到有些生气。他不情愿地开始默读：

　　　　一切未曾发生的

　　　　本就不会发生，

　　　　没有其他时间

　　　　在此时间之上。

明天和明天

是一段弯曲的阶梯。

无人会去开启

那尚未成型的门。

今天我们听到

老鼠啃咬着彼岸。

无人到达那里，

因今天已在眼前。

但梦想在坚持

梦想在传递

梦想在描绘

一段笔直的阶梯。

你切开面包

对明天之后的事

毫不在意。

即使你知道：

所有力量

已聚拢起来

为新一天破晓。

　　他无力去和哥哥争吵。哥哥走后，他反复咀嚼着那首诗。"没有一句属于我自己！"他高声喊道。全部都是模仿，而且只有业余水平、初级水准，每一句都能看出源头。"一切未曾发生的"是对《四个四重奏》[①]的愚蠢模仿。"《四个四重奏》重复了《旧约·传道书》中的一些主题，我来引用就很虚假，因为我从不曾完整地参加过弥撒，不会拉丁语也从不读《圣经》。我不喜欢神父、教士和拉比[②]，也不喜欢先知和迷信奇迹的人。我是个彻头彻尾的反圣职主义者，不相信他们在西方文化中所发明的'神秘因果联

---

① 英国诗人 T. S. 艾略特的诗集。
② 犹太人的一个特别阶层，主要为有学问的学者，在宗教中扮演重要角色。

系'。我从未完整阅读过维吉尔①的诗作，那是复杂的古老智慧。我也无法理解 T. S. 艾略特的作品。"他继续分析，几乎要把自己所想都放声喊出来。"'一切未曾发生的，本就不会发生。'这缺乏诗意的语言是从我以前的老师那里学来的，他认为万物具有神秘的'正确比例'，用中世纪的说法就是：万事皆有因果。这只是幻觉，却吸引了无数人以此来自我安慰。每件事都有其原因以及该为它负责的人，万事万物都必须有意义，否则我们便会落入深渊。他觉得'偶然'是不可忍受的，但他却希望灵魂可以'偶然'从身体抽离，变作抽象。""明天的弯曲的阶梯，尚未成型的门"是受诗人卡洛斯·德·安德拉德②的影响，他从小到大曾无数次阅读并背诵这位诗人的作品，诗人的语言已成为他自身语言的一部分。'即使你知道'，这句就像一个空洞的密码。诗的最后一节仿佛行进的军队，源于马克思主义思想，融合了当时的语言、古巴革命风格（同志

---

① 奥古斯都时代的古罗马诗人。
② 卡洛斯·德·安德拉德（1902—1987），被认为是巴西二十世纪最有影响力的诗人。

们，前进！）和辩证决定论。大自然的必然因果性与历史、文化的偶然因果性相互作用。这是一种社会主义'现实主义'。'聚拢起来的力量'可能是由一些响亮的诗句演变而来的。'新一天破晓'，也许这天是周六，这是维尼修斯·德·莫拉伊斯[1]与杰拉多·瓦德列[2]的风格。他记起自己是在葡萄牙创作的这首诗，当时正值"石竹花革命"[3]的鼎盛时期，一年内换了五个临时政府。他把这些思想以及一点点的懒惰都吸收进骨血。天堂就在眼前，他要做的只是多加注意细节。

真正的问题，在他自身。诗意的自我剖析让他在医院走廊里感到脚下已没有了地板。他确切地知道自己不想要什么：诗的安慰。他不需要拐杖。"我需要事实，需要看到事物的内在本质。"他笑了，这想法太大。他希望自己

---

① 维尼修斯·德·莫拉伊斯（1913—1980），巴西外交官、记者、诗人、作曲家。
② 杰拉多·瓦德列（1936—　），巴西著名歌手、作曲家。
③ 石竹花革命，1974 年 4 月 25 日在葡萄牙首都里斯本发生的一次军事政变。

的骄傲以及优越感永远不受损害,那是他辛苦培养出来的,保护它们是他毕生的事业,若他放弃,便只会变得和其他人一样,坐在办公桌后面给表格盖章,偶尔开开玩笑,和他人相敬如宾,偶尔请别人帮忙,眼神透着一种不完整的感觉。这便是他周围的景象,如垃圾一般包围着他。"我不想这样。我从没想要这样。"他想起了一些希腊神话人物,半裸的神们还有命运女神,他们或伟大或媚俗。命运皆已注定,我们束手无策。这是尼采所说的悲剧的诞生。他曾在科英布拉的图书馆勤奋地摘抄尼采那些具有深刻影响力的文字。不,他有不同于别人的命运。

抓住事物的本质,勒琼①做到了这一点。在科学技术尚未十分发达的情况下,他进行了无数次实验。那并不是多么令人惊奇的实验,只是很平凡的工作,提出一个假设并验证它。实验被一次次重复,直到勒琼触摸到真相。是的,苹果可能会砸在人的脑袋上(万有引力),人可能会

---

① 杰罗姆·勒琼(1926—1994),法国遗传学家,发现唐氏综合征由人体的第 21 对染色体的三体异变造成。

有灵光一闪的时刻，但仍需要科学的假设以及系统的实验才能最终获得成果。年轻的父亲知道那是一片沼泽地，也知道那不属于他，那他的地盘在哪里呢？他特别骄傲，而且倔强，他了解自己的命运（和希腊人的命运一样伟大），孤独是他的道德价值。但他都拥有什么？一无所有。他靠妻子养着，从没写出过好作品。他活在极度不安中。现在有了儿子，如果孩子幸存下来（可能性极小），也只会成为绑在他身上的一块无用的石头，他每天都必须拉着这块石头上山，日复一日，直到时间尽头，就像西西弗斯①一样。他没有勇气把孩子杀死，把他作为祭品献给众神。"这在神圣时代可是史诗般的壮举。"他心想。他怀念最原始的纯净、酒神世界的野蛮以及部落的价值。若海德格尔这样伟大的人可以心甘情愿地把灵魂献给部落，他为什么不可以？男人笑了，幽默是他唯一的容身之处，他藏身于幽默的影子里。笑容可以化解一切，没有悲剧能够幸免。笑容

① 西西弗斯，希腊神话中一位受到惩罚的神，他必须将一块巨石推上山顶，每次到达之后巨石会滚回山下，如此永无止境地重复下去。

本无形，它给人们一种万物大同的幻觉。

本质。男人重复："事物的内在本质。"他和妻子带着儿子正朝学校的基因学大楼走去。他们几年前曾到过这里，妻子的视网膜存在某种无法察觉特征的病变，他们想知道这是否具有遗传性。牛顿·弗雷里·玛雅教授最终确定致病基因为显性，也就是说他们的孩子会有50%的可能遗传此病。教授的话让他想起中学时所学的"孟德尔定律"。完美的树形图，几何般限定了蓝色眼睛（25%可能性，取决于父母）和棕色眼睛（另外75%可能性），他喜欢这些。由此他知道了"可能性"的力量。这里多一条线，那里少一条线，隐性基因，显性基因。这是一门精确的科学。（多年后有人告诉他，孟德尔很有可能曾在豌豆实验的数据上造假，只为最终能得出奇迹般的精确结果。没关系，孟德尔确实得出了正确结论，他的定律至今依旧适用于地球上的几十亿人。）50%的可能？这就像是和命运打赌，但还算公平。他拥抱了妻子。50%算什么？只是个数字。把筹码都压在咱们这边，压在红色上——他们接吻、相爱。然而轮盘赌桌不遂人愿，停在了黑色处，小球却跳到另外一张赌桌上，现在他们有了一个患21三体综合征的孩子。

他们需要去鉴定孩子基因中三体病变的类型，若是简单型，他们的下一个孩子只有极小的几率会患病，但若是另一种类型，可能性就大了。教授们很和善，微笑着给他们讲解染色体的机制。黑白照片上是有编号的染色体组，这是一张示例照，成对的不规则染色体看起来像带着根的牙，这不是重点。"我们都在上面。"男人想。其实仔细想想，染色体数量并不多，却形成了林林总总的人。科学善于组织，它将自然打乱的一切按其型号及特征分门别类。"这一对就是21号染色体。"教授用手指着图。"这里有三条而不是两条。如果结果是这样，就肯定是这个病。而且……而且表象，也就是身体上的特征，不会说谎。"

一滴血。孩子没动，他还在睡着。还要再采集父母的血，不过这只是为了丰富基因库。也许以后会有某位学者在看过成百上千张患儿父母的基因组图后，灵光一闪，发现了新的基因排列规律。谁说得准呢？男人并非在想这个问题，他一心只惦记着结果。他已经把自己完全交给了命运："我有一个患'蒙古症'的孩子（他再也说不出'像蒙古人'这种话），这是我现在需要面对的问题，就这一个，别再制造其他问题了，至少别是现在。"数天前那最初的冲击如今已开始逐渐减弱。这并不全是因为他为自己保留了另一种命运：孩子的脆弱体质——他不时阻止自己去想这一点，但这想法已驻扎在他脑中——会解决一切。据教授们说，80%的"先天愚型"患者寿命都比较短。"但如今，"他们强调，"这一点正在改变。""我这个不会改。"他想，点了点头。也许万物真的有正确比例。他就像被禁赛的球员突然有了重新上场的机会：万一染色体组型图显示孩子一切正常呢？这几乎不可能的希望足以让他在结果出来之前的几天过上正常的生活。"也许，"他想，"我应该去户外，享受美好的天气。我应该继续写书，暂时忘记自己的事。"

他们仍需找一位基因医学专家问诊，看孩子是否患有心脏病。普通医生都认为孩子目前身体健康，但"唐氏综合征"患儿十分易患心脏问题，只有专家才能做出准确诊断。他们穿过诊所的庭院，一排衣衫褴褛的乞丐在角落乞讨。不时有救护车送来病人。围墙外的牲畜们摇晃着脑袋盯着墙里面在填表、盖章、领号码的人。走廊尽头的某个房间里，身着白衣的教士正把手放在患者的额头上，祈祷他们可以奇迹般痊愈。男人想到了尼采以及他对这种慈悲行为的恐惧。他又想到儿子，这悲剧般的生命连祈求慈悲都做不到，他的智商不足以让他想象出上帝这样一个保护者形象，他也没有足够的语言能力来说出祈祷的话。在过去这些日子里，一个幻想支撑着这位父亲，也许儿子真的有心脏病，这样一来噩梦很快就会结束。他幻想着人们拥抱他、安慰他。就像一部英国电影里演的那样，葬礼在一个悲伤的下午举行，儿子的棺木被埋在一棵树附近，所有人都身着黑色衣服，没有宗教方面的服务，整个仪式十分安静。舒一口气，一切重新开始。他抛不开这种希望儿子死去的想法，同时又为自己的愚蠢和冷漠感到羞耻，这隐秘的心理活动不时搅扰着他的心绪，却又让他欲罢不能。

门开了，出现在门后的是一位实习医生，她冲他们微笑，视线移到孩子身上，眼神充满慈爱。孩子正在母亲怀里睡着。女医生亲切地说："你们需要先填表。"男人觉得自己就像一匹被拴住的野马，正奋力想要脱开嚼子，逃出那如监狱一般让他不舒服的空间。他觉得填表是对个人隐私的侵犯（你做什么工作？靠什么糊口？你如何评价自己？），同时他愤怒于有些人在其位却不司其职。"接受游戏规则吧！"他们会这样说。女医生很漂亮，人很安静。男人苦恼于自己有什么事都会写在脸上，周围的人都说他太好懂了。孩子在母亲怀里动了一下，打了个哈欠，却始终没有睁眼。"有没有可能没人会发现孩子不正常？婴儿都长得很像。"男人幻想着。即便孩子再长大一些，他们带他去散步，无需做出任何解释，因为没有人发现他不正常。

另外一个房间里有一位老医生，大概是已经累了，脸上的笑容看起来并不那么情愿。他把孩子抱到小台子上，一边脱下孩子的衣服，一边自言自语似的说着他所观察到的症状，扯衣服的动作略显粗鲁。医生所说的每个词都如同针一般，扎在年轻父亲的心上，痛感越来越强烈。他知道医生说的都是真的，却又觉得里面有个天大的谎言，只是他捕捉不到。"也许是我在自欺欺人吧。"男人坐在一张桌子旁，桌上有本书，他隐约看到封面上写着"蒙古症"、"刺激"等字样，便想拿过去看一眼，但医生先他一步把书拿开，放进了抽屉。医生拿出笔和纸，描画了几下又写上一些数字，看起来就像是证明某个数学定理。

"经过刺激治疗，孩子的智商可以达到正常人的 50%

甚至60%，在精心照料之下，他可以过上比较正常的生活，能够有一些自理能力。现在我们来看看心脏情况怎么样。"

这就好像是在给笨学生们讲课。医生戴好听诊器，眯着眼睛，脸上的皱纹堆到了一起，他表情极其专注，仿佛部落的祭司正在探寻来自另一个世界的神秘信息。听了几分钟心脏的声音之后，医生把听诊器移到孩子的胸部。"听诊器的金属部分一定很凉，"男人心想，不由地打了个寒颤。女医生笑了，"你们别紧张，只是常规检查。"孩子母亲确实很紧张，年轻的父亲心里还在想那50%的智商。"这样的人为什么还要活着？"现在不该想这个问题，他感到愤怒，这怒火是针对老医生的，因为他每一个姿势都既愚蠢又粗鲁，对于他来说孩子不过是无数病例中的一个，比起给无知的孩子家长讲无聊的医学术语，他肯定有更想要做的事。莫名的愤怒让年轻父亲站在了自己孩子这一边。医生突然闭紧双眼，抬高了头，额上的皱纹显得更密集了。

"胸腔有杂音。"他对实习女医生说，根本没有理会边上的两位家长。女医生赶忙也拿听诊器听了听。这对她来说就如同是在上课，但她没有同意老医生的说法。

"我觉得没有。"

她坚持说没有，老医生没再说话，他觉得用不了多久实习医生就会改口，因为明显有杂音。女医生又听了半分钟，结果还是说：

"我没听到杂音。"

孩子活动了一下四肢，没有出声。老医生有点不耐烦地又听了一次，这次时间比之前长一些，他集中精力，依旧闭上双眼。他的权威正在接受挑战。

"就在这里，绝对有杂音。"

男人又开始幻想：一把手术刀将孩子的胸腔划开，戴着手套的手抓住那颗还在跳动的小心脏，但问题始终无法解决，孩子没能活着下手术台。

倔强的女医生打断了这个幻想："我觉得那不是杂音。"

男人觉得"杂音"是个很绝妙的词，像是会突然出现，又突然消失。女医生坚持自己的意见，不认可老医生的诊断，这让男人心情变好了，看来女医生和他统一战线了。

孩子已经不是重点，现在是美女与老怪物之间的对决，不管女医生说什么都肯定比老医生更好。这就好像电影《好警察、坏警察》，好警察（实习医生）让现实显得不那么残酷，而坏警察（令人不悦的老医生）把残酷的现实展示的淋漓尽致。老医生坚持自己的看法："没什么可讨论的，孩子的心脏有问题。"女医生仍旧不让分毫："孩子没有问题。"气氛紧张起来，孩子醒了，开始小声地哭，两位医生就要吵起来了。母亲抱着孩子轻轻摇晃着，父亲则一直关注着医生们的对话，明显有火药味。最终两个医生把孩子带到另一个医生面前，这第三位医生是专家中的专家，他的特长貌似就是分辨到底有没有杂音。

老医生最后还说："不用怀疑，肯定是心脏有问题。"

两个医生回来的时候，女医生脸上带着明显的微笑，好像在说："你们放心吧，一点儿事都没有。"第三位医生只做了　个简单的测试，结果就出来了：菲利普的心脏没有任何问题。

男人不停地写着，装作一切都没有发生。埋首于文字是他惯用的逃避方法。为了忘记现实，他继续写作《苦难试演》，已完成了四章。他大声朗诵着第四章，这是他第一次也是唯一一次放声诵读自己的作品，在那一刻，他为自己恰到好处的描写感到兴奋，这对他来说是莫大的安慰。他不写自己的生活，不写儿子，只写其他事情，"唐氏综合征"这个词在二十多年里，从未出现在他的作品中。他经常对自己说："这是你个人的问题，和别人无关，你需要自己解决。"他可以和别人侃侃而谈，开怀大笑，儿子让他感到羞耻，但他决心要战胜这种羞耻感，哪怕需要经历复杂的心理斗争。也许他可以幻想儿子还没有出生，也

许还有转机。"写吧，你是个作家。"他对自己说，"尽
人事，听天命。"

　　孩子目前情况不错，安静地睡着。年轻的父亲知道孩
子需要刺激治疗，但这方面的信息他了解得不多。他讨厌
医生、护士、医院、药品、疾病、生命保险（他从来没有）、
处方还有用药指南。他不想看到孩子，孩子会让他想起所
有这些他所讨厌的东西。他请求出版社不要发表那首荒谬
的诗，他记得对方似乎同意了。真让人安心！那种胡言乱
语最好不要让读者们看到。

　　"一切未曾发生的……"，这句话以及哥哥的身影总
会出现在他脑海中，这让他感到气愤。他在这首诗中阐述
的哲理是他对恐怖现实生活的抗争。这诗宣扬了乐观主义
宿命论：生活中发生的事情都是注定的，无法抗拒，这便
是它们的价值所在。事情发生了，我们该敬畏现实的重量，
你可以用双手触摸到它的存在。他需要有这样一个儿子来
给他一个打击，让他明白宇宙乐观主义——他将其视为自
己生活的美学框架——存在可怕的裂缝。世界如此美丽，

万事皆有因果，过去影响现在，我们只是小角色，是被邀请参加宇宙大戏的嘉宾。学聪明点，接受吧。

然而他始终试图不受任何束缚，"我从不把自己定死在一个位置上，如果需要，我总能有其他选择。"这只不过是吹嘘，他自己也知道。现在他必须开始接受生活，从哪里开始？"就从现在开始，今天，此时此刻，我和我智障的儿子一起。"这个孩子，目前来看还什么都不算，他心想，只不过是一个侥幸存活的有机体，没什么正常与不正常可言。若他真的患上心脏病，不出几天就去世了呢？若他四天后因为突发意外而去世了呢？那我们就在一个午后，在墓地接受别人的哀悼，放松地舒一口气。前来悼念的人们一定会说："这样更好。"亲朋好友们会紧紧拥抱我们，那该多好！孩子来不及留下什么存在的印记，只有一个记录在案的名字。他只是一个曾经存在的有机体，由父母带到这个世界，露了个面，仅此而已。若年轻的父亲能更好地总结他的感受，他也许会说："我脑中需要有'孩子'这样一个概念。""孩子不能给我未来，我可以去莫桑比克，到部落里教葡语。或者去美国当清洁工（我曾在德国干过，可以重新开始），边工作边写书，最终我会出名的，用另一个名字。""我可以。"他说，他愤怒于自己的无能。他又打开一罐啤酒，然后想到自己该吃点东西，就在这时，电话响了。

突然，他想起目前还不能盖棺定论，还差染色体检查的结果，也许会出现奇迹。电话另一边的人即将告诉他们结果，夫妻两人屏住了呼吸，但最后一丝希望终究还是破灭了：

"已经确诊了，染色体组型图显示确实是21三体综合征。"

夫妻俩陷入沉默，仿佛有块巨石在他们的心湖中慢慢下沉，直至陷入湖底淤泥。在开口说话之前，他们需要一些时间来接受这块巨石的重量，它将永远埋在湖底，压着他们的心。两人谁也没有看对方，只是分别颤颤巍巍地说：

"我们知道了。"

"知道了。"

多年之后，他也许会想："我们生活得太过抽象，孩子的存在及其所有证据都不能证明什么。我们需要一份文件，一张纸，一个印章，一张模糊的照片，上面有黑色线条在灰色背景上舞动，它们按照大小和形状排成两列，为混乱的真实生活下达科学命令，定义了一个人的自然本质。让我们得到答案与解释的是染色体组型图，而不是染色体本身，因为它无法理解。"

三个陌生人陷入沉默，无人可依偎。

确诊之后，他们需要找专家鉴定孩子的病情，从而尽早制订治疗方案。今后的日子会很艰难，摆在男人面前的是一项极其艰巨的任务，为了不陷入消极情绪，他笑着对自己说："人生就是一场障碍赛跑。"这句早已被说烂的台词让他心情稍微轻松了一些。障碍，多么鲜活的一个词！他高声一遍遍重复这两个字，"障碍"，"障碍"，想看看它们会不会因为说的次数多了而失去原有的重量。

　　他手上拿着一本书，这是一本比现实生活强大的书，它可以解释生活、规划生活甚至代替生活，使之达到最理想的状态。这是专为"先天愚型"患儿的父母所准备的指导书。封面标题用了"蒙古症"这个词，看上去不那么刺眼。作者是这方面的权威专家，她通过大量研究以及科学分析最终写就这本书。科学的力量令人敬仰。他仿佛看到了新的希望，又能感觉到每天都是新的一天。书是妻子找来给他看的，他们记下书上的一些引用，又联系了一些人，决定带孩子到圣保罗找这位写书的专家做鉴定。幻想又一次占据了男人的大脑，他想象着专家为孩子所拥有的巨大潜力而感到吃惊，他靠着这种不可能成真的幻想让自己冷静。书中引用了让·皮亚杰[①]的《儿童智慧的起源》，男人把这本书买了回来，他想通过直接阅读原文来尝试亲自判定孩子的智力发育情况。多年后，他明白自己这样做其实是为了从"权威"的诊断中解脱出来，摆脱被动接受的状态，保持自己与生俱来的骄傲感。

他继续埋首于幻想：他还没有离开医院，孩子还不存在。他希望自己甚至都还不存在，但一切都是真实的，孩子正在他怀里安睡，一个不确定的未来就等在前方。智慧

----

① 让·皮亚杰（1896—1980），法籍瑞士人，近代最有名的儿童心理学家。

是人类生命唯一且最重要的价值。"智慧决定了我的人性程度。"他努力让自己没有说出这句明显带有反基督教意味的话,只默默在心里想了想。"他们射杀了马,不是吗?"他想从贺拉斯·麦考伊的小说《射马记》①中找到与自己想法的相似之处,这是何等的荒谬。"他们确实射杀了马,不是吗?"他重复了一遍,感受这句话的真实。"没有智慧的生物,不需要同情和怜悯。"然而道德的重量最终战胜了这一荒谬的想法。他觉得自己很擅长忘掉一切,重新开始。

年轻的父亲还不知道,他的心里已逐渐有了孩子的位置,他会去假设有孩子的生活该是怎样的。他更不知道自己终于开始接受为人父的身份。

他开始为自己设下一个很难逃脱的陷阱。问题不在孩子,而在他自己。若孩子是问题,他作为父亲会感到迷茫,但他还不知道这一点。他即将开始这场由别人制定了规则

① 常用中文译名为《孤注一掷》,表现了美国三十年代初经济大萧条时期的社会矛盾。

的赛跑。实际上，他只遵守自己已经接受了的部分规则。他还没想到自己要改变，只是一心想着问题的本质。他仍然觉得他还是从前的自己，日复一日，毫无变化，就像他一直拖着过去的影子，而影子变得越来越重。最好就此放手，把过去的影子从他身上撕下去扔掉，就像电影特技那样，然后重新开始。但他的儿子在他自由转化的过程中扮演着怎样的角色呢？菲利普很重，他需要别人拉着他走。

圣保罗的格局将人类对城市规划的能力彰显到极致，没有一丝自然的瑕疵。男人因此很喜欢这座城市。圣保罗人仿佛生活在一张规划图中，而不是一个空间里。对于城市发展，他们脑中充满了新的想法和计划。他记起小时候老师说大都市是反人道主义的典型，其发展破坏了美好的自然。铁特河受到污染，摩天大楼挡住了人们的视线。"我该选择蹲着把烟头在地上掐灭，"他想起了蒙特罗·罗巴托①笔下的农民人物"杰卡·塔图"，"还是坐在三条腿

——————

① 蒙特罗·罗巴托（1882—1948），二十世纪最具影响巴西作家之一。

的椅子上保持平衡？"持中立态度的人们认为人类发展与自然保护并非水火不容，只是需要时间来协调、适应。但巴西没有多余的时间，一个发展计划接一个发展计划，每个计划的实施都会损害一些人的利益，国家无法顾全每一个人，死心吧，这个国家太大了！怎样做才能保全所有人的利益呢？

他和妻子走在保利斯塔大街上，他抱着孩子，妻子拿着孩子所需的随身物品。菲利普对周围发生的事一无所知。唐氏综合征患儿大部分时间都在睡觉，他们各方面发育都比正常人迟缓。男人每天都会把食指放在孩子手掌上，孩子会马上攥住，就和其他正常小孩的反应一样。他想起格林童话《糖果屋》里的女巫，她将误闯进自己陷阱的孩子关起来喂养，每天摸摸他们的手指看他们是否长胖了，是的话就扔进火炉烤着吃。"菲利普的反应和正常孩子一样，也许他没有病。我们不需要把他扔进火炉。"他笑了，不敢把这黑色幽默讲给妻子听。

诊所重新让他感到现实的重量。墙上挂着品味不错的画作,座椅整洁,走廊里有空调,接待他们的护士很有礼貌,诊费已付,唯一美中不足的就是医生不守时,已经过了预约的时间。然而不守时似乎是医生们约定俗成的规矩,这是具有权威的表现,他们高高在上,与普通人有一定距离。如今已没有人浪费力气去抱怨医生不守时,最多是问一下护士,或者小心翼翼请求医生快一点。他们背着双手,低着头,满心焦急地在走廊里来回踱步,这是一种无声的抱怨。男人沉不住气了,这确实情有可原,他觉得自己又像是迫不及待想冲出木栅栏的牛,一直用头顶着门。妻子却很安静,孩子也是,安静是菲利普的常态。若他向妻子抱怨医生不守时,妻子会帮医生找理由:也许是有急诊。预约问诊总是排在最后。男人越来越生气,他看不上医生这个群体,愤怒于他们总能找到合适的理由来为自己辩解。他的愤怒也许来自酒精,昨晚他和一位酒鬼朋友喝到凌晨。他和妻子现在住在位于圣保罗的朋友家里,不是很亲近的朋友,但他们人很和善。他想起昨天与他一同畅饮的朋友所说的一句话,瞬间复苏的记忆让他感觉如同过电一般,他怎么竟然能忘掉这样一句话，那位连中学都没有毕业的朋友说："你这么聪明的一个人，居然没能生出一个正常的儿子。"他听到了朋友的笑声，这声音仍在他耳边回响。

终于轮到他们，男人还在试图回想昨晚的对话，当他回过神，一家三口已经坐在医生和其助手对面。她们温柔的表情中带着一丝冰冷的感觉。在男人把孩子递过去的瞬间，他觉得自己已经输了。医生和助手用尺子测量孩子，收集数据。科学拥有各种图表和数据，它们毫不留情地揭露现实。如今已非中世纪，不需要女巫来解释神秘符号，人们可以通过科学技术来预测现实的发展，而不用等待上帝的指示。科学是冷酷无情的，这样才能保证它的真实性。正在接受初步诊断的菲利普只是一个存在基因缺陷的生物体。

没有任何新情况，诊断结果与之前相同。幼小的孩子完全不知道周围气氛有多紧张。医生对夫妻俩交代的情况都是他们已经知道的。没有出现奇迹，科学并不制造奇迹。医生告诉他们进行早期刺激治疗的优势，又提了一些建议。

"今后孩子可能出现一些心理问题,但只要你们足够重视,就可以减轻孩子的心理负担。"妻子倍加认真地听着医生的每一句话,丈夫则试图从医生这一番具有高度权威的严肃话语中找到他认为真正有用的东西,却徒劳无功。孩子对医生来说不具有任何特殊意义,不过是众多患者中的一个。女医生不带笑容地如实讲述着孩子的情况,她仿佛是科学的化身,毫无保留地把残酷事实讲给孩子父母听:孩子不正常,各项数值都不正常,21三体征在他身上发展迅猛,每一个细胞都很明显。"就这些,你们可以走了。"女医生终于露出一个职业性微笑。"面对现实,不要抱怨。"男人想,"你想听谎言,但医生不能说谎。你希望她能表示出同情,哪怕是装的。但医生只能告诉你孩子的真实情况,以及你能做些什么,但不要有过高期待,最多也就是能让生活过得下去。你不是第一个遇上这种事的人,也不会是最后一个。"

回去的路上,他终于还是点了支烟,深深地吸了一口,双眼盯着高楼的楼顶出神。

两周后，夫妻俩看到报纸上有一则消息，里约热内卢某家诊所为唐氏综合征患儿提供完整的早期刺激治疗。此外，该诊所还可以应用传统方法有效治疗脑损伤病患。在圣保罗那家诊所的诊断并没有什么实际意义，男人对里约这个诊所很感兴趣。"完整的刺激治疗"，他喜欢这个说法，万事都应该有开端、发展和结局，而且最好是按照这一顺序进行。他点上一支烟，开始第三十次看报纸上那条简短的消息。这些日子并不好过，孩子不会自己吃奶，只能用器具把母乳吸出来给他吃，光这样还不够，需要奶粉来补充，孩子只接受一种特殊的奶粉。

　　对于一对夫妻来说，第一个孩子是充满纪念意义的负担。孩子入侵了原本只属于夫妻两个人的空间，还要求他们付出全部精力。婴儿不会交流，不能控制自己的身体，哭起来没完没了。他们的生活需要摇篮、奶嘴以及无数尿布。无论父母有多注意，孩子还是有可能生病。时间、金钱、耐心和意志如流水一般大量消减。孩子甚至可能让父母之间产生距离。所有新生儿都比较难看，很难想象那样一团充满褶皱的小东西能够长大成人。像菲利普这种情况，即便成人也不会是正常人。男人又掏出一根烟，这些他都清楚，他知道这孩子不会给他带来任何回报。对于一个父亲来说，一提到自己的孩子便会觉得很高兴，想象他们长大成人的样子亦是莫大的快乐。然而菲利普的父亲却无法感受这些。他想：即便我为他写一本书，他也没有能力读。

　　年轻父亲还在翻着报纸，诊所的消息是妻子发现的，家里很多事都由她来做决定，但这并不代表男人在家里没有地位，他们都是 1952 年出生的，颇受时代影响，尤其是男人，他有些大男子主义。"据说大部分男人在心理和情感上都比女人成熟得晚。"男人打趣地说。这成了他的一个借口。在最初这些难熬的日子里，他的岳母帮了不少忙。看来之前给他们上课的那位医生说的确实有道理。他想远离孩子，越远越好。早上，他去文学院上课，要找工作必须先有文凭，他希望以后靠自己的工作能够养家糊口。下午，他写两三页文章，然后一头扎进书海，逃避现实世界。晚上，他去小酒馆喝酒，和别人聊天。他几乎从不提儿子，如果有人问，他就回答"挺好的"，然后立刻反问对方一个问题，把话题岔开。

　　某个清晨，他独自走在市中心的某条街上，不时有些陌生人与他擦肩而过，四周十分安静，只有脚步声带着些许回音。他再次意识到自己与以前不同了，他已经走进了人生的另一个阶段，这里他还不熟悉，但身后已无退路。他无法掌控生活，只能成为生活的奴隶。他记起几年前他曾和朋友在凌晨时走过这条路，他们当时喝醉了，三个人一起把街边一处玻璃广告牌撬了下来，抱着走了很远，最后他们把广告牌打碎，欢呼着把碎玻璃抛上天，看它们反射出转瞬即逝的光。

还有一个难忘的夜晚，他和朋友用铁块敲碎了书店的橱窗，两个人在广场长椅上数战利品：二十二本，有些是重复的。不幸的是，这些书都不是小说。他只拿了两本回家。一本描绘了美帝国主义的种种恶行，封面上画着一只凶猛的鹰。另一本介绍了社会主义的优越性，标题是红色的。两天后，报纸上刊登了书店失窃的消息。他得意地把自己做的"好事"讲给朋友们听。他还曾去药店买一种胶囊，里面含有致幻剂，他用大头针把胶囊捅破，把里面的粉末放在纸上吸食。那大概是他一生中最放纵的时候。后来他戒掉了，但并没有因此而松一口气，只不过是开始脚踏实地地生活，再也不依赖幻觉。他觉得这并不是自我觉醒，只是倒在了现实面前。没有人是清醒的，我们都倒在了现实的重压之下。他穿过奥索里奥广场，再次感受到内心的荒芜，渴望能抓住眼前的什么来滋润心灵。他放慢步子，没有理会向他乞讨的一个孩子，径直穿过广场，走向街道。没有退路了。往昔的一幕幕在他脑海中闪现，记忆仿佛试图告诉他什么，这信息需要破解，他却找不到密钥，只有残破的时间和画面，最后只剩下一种"再也没有退路"的感觉。"现在开始，全靠你自己了。"走着走着，他抑制不住地哭了起来，很快就有人发现他在哭，毕竟是在白天，他转身走上另一条路，之后又换了一条路，但不管哪一条路，都仿佛没有终点。

1981 年，里约热内卢美丽如常，一望无垠的大海在地平线与天空交汇，连绵不绝的山丘在蓝色天幕上勾勒出重叠起伏的墨影。这一切让男人想起自己差点成为水手的经历。在去诊所前，他和妻子以及三个月大的儿子乘出租车去乌尔卡区探望一位老朋友，此人是演员，如今在里约搞影视和戏剧。朋友的男友出来应门，面带微笑，看上去像个孩子，男人觉得有些别扭，仿佛一个新的世界逐渐覆盖了原来的世界，属于旧时代的他被这种新奇感吓到了。在回去的路上，男人把孩子抱在怀里，眼睛一直眺望着远处的海。"每个人都有无法超越的存在，那就是他们自己。"他想，"除此之外，还有时间。"他需要抓紧时间向前迈出一步。他闭上双眼，让思绪在时间中流淌：一切未曾发生的，本就不会发生。不应该只是如此！但这句话确实可以为很多事情做借口，是一种很好的心理安慰。时光匆匆流逝，人的年龄逐渐增加，这并不是一件坏事。尼尔松·罗德里格斯①曾对年轻人说："成长吧！"想到这里，男人笑了。

他和一个朋友曾经到伯南布哥②的卡鲁阿鲁市参加当地的戏剧节，那是 1972 年的 1 月，之后他们背着包靠徒步或偶尔搭车完成了穿越巴西的旅程。在萨尔瓦多③，两人以天为盖，睡在伊塔布阿海滩上。要离开的时候，他们沿着公路走了很远，试图找到有较多汽车经过的路段，好搭个顺风车。最后他们到了一个加油站，一位工作人员好奇地打量着这两位面容不洁、衣衫不整的人，问他们是做什么的。"搞戏剧的。"朋友回答。"什么是戏剧？"有个人追问，纯粹出于好奇。男人似乎被这个问题吓到了，"就像是马戏团的一种。"他回答。他感觉自己和那些人就像

---

① 尼尔松·罗德里格斯（1912—1980），巴西著名作家、记者。
② 巴西二十六州之一，地处东北部。
③ 巴西东北部的一个海滨城市，为巴伊亚州首府。

是生活在两个截然不同的世界。他傻傻地自问："怎么会有人不知道戏剧是什么？"旅程中的另外一个片段：两人用身上最后的一点钱买了一块足够他们吃很久的奶酪。夜幕降临前他们拦到一辆卡车，司机同意让他们待在车斗里，带他们到里约热内卢的马卡埃。入夜之后卡车又停下一次，这回上来了正在迁居的一大家子，人多到简直数不过来：男人，女人，大叔，大婶，一位老人家，一个肩上还驮着小猴的孩子，另一个孩子，一个姑娘，两兄弟，一个婴儿，又一个男人，一些器具，又一个女人，还怀着身孕，一条骨瘦如柴的狗，一堆破布袋子，一位老妇。当所有这一切都塞进车斗之后，两位搞戏剧的被迫缩到角落，都没来得及把奶酪藏好。男人感到不安，他不习惯与陌生人靠得如此之近。那些迁居者仿佛在黑暗中注视着他们。云散月明，满月皎洁的银色光芒突然就洒在了所有人身上。月亮仿佛是在夜幕上剪出来的一个圆，颇具波尔提那利[1]绘画风格。

———————

[1] 甘帝得·波尔提那利（1903—1962），巴西最重要的画家之一，是绘画界新写实主义风格突出且具有影响力的实践者。

男人默默凝视着石版画一样的夜空。迁居者们默不作声，偶尔低语几句，卡车加速的时候，他们会互相抓紧。男人和朋友吃奶酪的时候，出于礼貌询问了一下其他人是否想吃，结果不知从哪里冒出来一把小刀，奶酪被切成片，迁居者们安静地接过奶酪，仿佛教徒受领圣餐。男人想看时间，却不好意思把表从兜里掏出来。一条银链子把表系在他腰间的旧皮带上，这是这位准作家的时尚。

诊所在一座小山丘上，四周绿树环绕。多年后他仍会记得那栋带蓝色条纹的小楼，它庄严得如同一所老学校。他也会记得在靠近这栋楼时，自己内心越来越强烈的焦灼感。每当出现可能让他失去自尊，或只是自尊心受伤的情况，这种焦灼感便如期而至，挥之不去。也许是因为儿子的出现，是儿子让他无法再挺直脊梁骨。他经过多年不懈努力，终于可以自豪地挺胸抬头，但也许正是儿子的出现打断了他的脊梁骨。他在奋力与这种想法作斗争。如果回到过去重新来过，一切可能会是另一番景象，但时间不会倒流。"无数偶然与必然将我带到这里，"他想，他们正在候诊，"偶然便是正睡在妈妈怀里的孩子，把他带到这家诊所则是我们必然的选择。""完整的治疗方案，"他又想起报纸上的宣传，"这大概能让我们轻松一些。"又到了这样的环境——诊所，无菌的走廊，候诊室，护士，恐怖的疾病，死亡的阴影。"我的脊梁骨已经断了，"他想。"贫穷就在身边，残疾只属于流浪汉、乞丐、迁居者等生活贫困的人。他们饱经沧桑的脸呼唤着正义，但得到的只是当头一棒，他们能做的只是在棍棒落下之前闭紧双眼。街角的乞丐是贫穷的现实写照，几个世纪以来，乞丐们反映出生存的耻辱。而此刻，我坐在这家诊所的候诊室，看着怀里的孩子，脑中幻想的却是：一位大限将至的女修道院长被送到医院，经过多年的自我惩罚以及灵魂苦行，她终于要迎来唯一的幸福时刻，然而她需要带一个人一起去面对地狱的烈火，于是一身黑衣的女修道院长露出虚伪的笑容，双手伸向正在睡梦中的孩子……"

男人摇了摇头，"我真是疯了。但这并不应该被称为'疯狂'，只是对现状的'不满'而已。"他为自己的幻想找到了更委婉的形容词。接待他们的年轻姑娘面相和善，看起来是个很有主心骨的人。"先不要妄下定论。"他心想。姑娘重复了一句他没听清的话："父母不是问题所在，而是解决问题的人。"他不想待在那里，他想回家，吸一支烟然后开始写作，写更重要的事情，远比这家充满实用主义气息的诊所更重要。在这里他感觉不到人性化的情感，一切都犹如宗教般冷寂。这是一个集体项目。先要进行个人诊断，之后有为患儿家长准备的一堂课，他们会拿到一张计划表，以后的一切都遵照计划安排。他们上了一层楼，朝着走廊走去。"是的，都是因为贫穷。毕竟这个世界穷人比富人多。"他的思绪又回到了贫穷的问题。贫穷是那样明显，它正伸着手站在世界每一个角落。精神贫困的政府官员与物质贫困的乞丐一样，只会伸手讨钱。

又向前走了几步，男人在一扇门边停下脚步。他被从门缝中看到的景象惊呆了，那将令他终生难忘。在内心深处，他知道这就是他以后将要面对的世界。屋里有几十个人，有大人也有孩子，全部都有智力残疾，他们展示着各种各样不协调的情况：手臂不听自身指挥，嘴巴张开之后合不上，双眼无神，因身体做不出想要的反应而生气地咧着嘴，手张开却一直攥不起拳。一切都在这不可逆转的瞬间里毁灭，这些人仿佛迷失在时空错乱的宇宙中。没有空间概念，只有脚下的地板。时间更是成了一种不可触及的奢侈。他们在做什么？所有人都在地板上爬。爬行对于这些有智力障碍或脑损伤的病人来说是能帮他们恢复能力（或者部分能力）的首要治疗方法。让他们在地板上自主爬行可以刺激他们的身体熟悉自身神经系统，并修复缺损部分。乌托邦式幻想：水生生物爬到陆地上，进化为陆地生物。人类的脊柱保留着爬行的记忆，需要被唤醒。这就像是神经学王国的柏拉图洞穴理论。

有一点令这一切更加恐怖：所有人都戴了面具，遮住鼻子和嘴，这使他们呼吸困难。但这也是治疗方法之一。氧气逐渐稀少，肺部会为了获取更多氧气而发挥出超常的能力，最终他们会想方设法用手摘掉面具，重新感受顺畅的呼吸，但不久后他们会再次被戴上面具，开始新一轮练习。这其中的道理很简单：给他们制造问题，让他们不得不自己解决。男人无法将视线移开，这里就像是受难所，没有任何看上去符合常理的地方，这是一个平行的世界，所有患者（脑损伤、智力残疾或唐氏综合征）仿佛被强行参加一场没有终点的比赛。他分辨不出他们之间的区别，他们自身便是与正常人的"区别"。

"论野蛮程度，可能战争更胜一筹吧。"他想，他从优雅的世界坠落至此，站在一个扭曲的世界的门外，门里面都是折翼的天使，他们生于黑暗，长于黑暗，并将最终在黑暗中沉没。

年轻父亲把视线从地板上移开，抬头看见了边上的一些女人。他打量着她们，心想这些人大概是母亲、阿姨、祖母或者女佣，都是带着病人来做物理治疗的。她们紧绷着脸。他发现了所有病患家属的共同点：绷紧着脸，眼神中带着痛苦和忧虑，时刻都有看不下去眼前景象、不想让孩子受罪的冲动。最初可能也有几次没能忍住，陷入了绝望，但最终还是控制住了自己，毕竟大家都是文明人。男人后来逐渐学会了跳出生活来看待这一切，这不过是一些实用的方法。这个世界的直径只有十米，我们就在这弹丸之地中活动。

妻子轻轻地拽了他一下。

"走吧，我们要去的地方在走廊尽头。"

他努力将双眼从房间移开。夫妻俩跟在那位年轻姑娘身后，准备去给孩子做个人诊断。"这感觉太熟悉了。"他想，"除了在那个房间看到的景象。"他还沉浸在刚刚所看到的一切之中，现实的冲击力太大，让人恐惧。能够正常吗？那些人以后能过上正常的生活吗？他太过敏感，或者说无知，或者说愚蠢，要不就是不成熟，反正他就是无法面对简单的现实。最初他的想法很卑微：我儿子和他们不一样。他没有脑损伤，只是基因问题。他可以自主伸胳膊，不需要别人拉拽。三体综合征的孩子看起来就像是小矮人，像是马戏团里会出现的侏儒。他们没有脑损伤的孩子们那么碍眼。有了这些优势，他们可以找一份合适的工作，成为社会体制中的一分子。但什么工作适合呢？最好是能让他们看起来更像正常人的工作，这样他们就会生活得很开心。这微小的优势让他暂时逃离了现实。他们进入诊室，医生问了些问题，把答案填在表格里，之后开始检查孩子——身高、体重、神经反应、身体特征。还是老一套，然而不同的是，有种轻松的气氛感染着每一个人。这是一种集体共鸣，大家的感情同化，空气中弥漫着乐观的正能量。男人第一次意识到自己的儿子是一个真实存在的个体，这让他感到惊讶，仿佛一切都只是谎言。然而这次问诊却不是个体进行，医院把对治疗项目感兴趣的预约患者分成组，按组进行。这要花费不少钱，但很明显对于穷人有一定补贴，只要看看周围就能发现来了不少家庭并不富裕的人。先登记下每个病人的情况，之后是讲座，最后介绍对各种病情具有针对性的治疗方案。"一个完整的治疗方案。"这在他那钟表匠的头脑里播下了一粒救赎的种子。他所想的救赎并不是指孩子能进入他的生活，和他产生互动。他想象着一切就如同做游戏一样简单，就像是有一个神奇的刺激治疗机，把患病的孩子从一边放进去，当他从另一边出来的时候就已经和其他健康的孩子一样了。他避免用"正常"这样的词汇，然而使患者变"正常"正是这家诊所的动力。男人已被治疗方案所吸引，只是他还没意识到这一点。他就像是得到了永动机拼装模型的大孩子，一心想着要把每一个细节都拼好。他的生活里还不存在儿子，只存在一个待解决的问题，而现在他得到了一张极其有趣的图纸，如同指导说明一般详细，能够帮助他解决这个问题，他第一次感觉到自己有了动力。

他依旧反抗着，头到处乱撞。在第一个讲座进行过程中，他低声对妻子说："这讲的完全是行为主义。"按教科书上的定义，"行为主义"是一个心理学流派，该流派认为人的一切行为都是在刺激下所产生的反应，这种反应受先天因素与后天环境的影响。这一原则最终落入了实证主义的无底洞。从广义上来说，就是认为人体是反应的集合，人的行为是为了适应环境而产生的各种反应，读一篇文章或者是被踢了一脚觉得疼，这些都是有机体的反应。每一个有机体都是一部反应机器，从这个角度来说，人和动物是没有区别的。讲座中包含着简单的教义，教条的感觉比较明显。诊所仿佛在发动一场战争，在战役中它自视为"革命者"。年轻父亲喜欢这一点，他人生的每一个阶段——从对抗"体制"的叛逆青春期到参加戏剧团，再到巴西军统时期生活在合法以及不合法的政治观念下——总有"革命般"的救赎。随机的、充满矛盾的乌托邦式幻想在通往美好新世界的路上遍地开花。

在"革命"中，人们总会被那振奋人心的气氛所感染。让男人感到震撼的还有诊所所长的讲话，此人是个大块头，他坐在轮椅上，能熟练地控制轮椅的行动。他健壮的双臂上生出了硬皮。年轻的父亲心想："他肯定参加过那个在地板上爬行的治疗，而且参加了很多年。"所长的声音如雷贯耳，彰显着一种毫无幽默感且令人紧张的绝对权威。仿佛是为了缓解紧张气氛，作家对妻子低语道："我要写一个故事，就叫《伟大的斯特兰捷罗夫博士和他特殊的孩子们》。"所长的权威确实受到了大家的认可，毕竟这个坐在轮椅上的男人亲身试验了他所宣扬的治疗方法，这就像是魔术师亲自上阵表演活人被截成两半。这位四肢瘫痪的所长用他钢铁般的声音以及几个能动的手指来控制轮椅。经过努力，他的那几个手指可以做出相应的神经反应，按下轮椅上的按钮。在讲话中，所长指出目前诊所正在舆论的风口浪尖上，顶着很大的教条压力。"他们指责我们，认为我们是在制造会条件反射的猴子。即便果真如此，又有何不妥呢？还有其他选择吗？"是的，所有人都想要有教养的孩子，至少行为规范不让人觉得看不下去。父母们都不希望因为孩子不正常而受到别人审视的目光。

起初，年轻的父亲对这里的治疗方案心存怀疑，他本就是个多疑的人。他总觉得有地方"不科学"，诊所方面过分强调治疗方法的好处，反而令人不想接受，仿佛这一切背后隐藏着谎言。然而，他最终被说服了，对治疗方案的细节越来越感兴趣。有治疗方案就总比没有办法强，而且这肯定比他们之前带孩子去圣保罗参加的"刺激治疗"要强，那里好像没人知道正确的治疗方法，而这个诊所的医生们都很确定他们的方法有效。在场的家长们都从讲座中获得了片刻的安宁。

男人试图弄明白诊所针对21三体综合征的治疗。他们相信原本为大脑损伤患者设计的治疗方案同样适用21三体综合征，也就是先天愚型患者。不久之后，男人将会翻开从诊所买来的书，他会看到上面清楚地写着先天愚型主要是由于胎儿大脑受损导致的，原因大多是营养不足。是大脑损伤导致了染色体异常，而非相反过程。诊所应该不遗余力地去实践理论，然而他们在讲座中没有强调理论，只是一味地强调父母的重要性："父母不是问题所在，而是解决问题的人。"他们还提到一些标语，比如："功能决定结构。"若果真如此，那便是拉马克①战胜了达尔文。这些都无所谓，他像游客翻阅观光手册一样十分感兴趣地翻阅着从医院拿回来的计划表，上面印着他们夫妻未来生

——————————
① 让－巴蒂斯特·拉马克（1744—1829），进化论的奠基人。

活的每一天，确切地说是每小时，需要带孩子做的身体练习。他们以后仍需要去诊所上课，看医生对治疗方法进行示范。男人开始觉得一切都还有希望，他的生活终于渐渐走上正轨。"这只是一场赛跑。"他又想起了那句陈词滥调，"人生只是一场赛跑，虽然我们在出发时就落在别人身后，但经过不懈努力，我的儿子最终会追上他们。"

他最感兴趣的是一项名为"神经规整"的练习。在练习过程中，护士拉着孩子的手脚，摆动孩子的脑袋，模仿肢体的正常运动。他看着护士们的动作，把这一切想象成是制造人的过程，动作很机械但很有效率。他又一次进入了幻想王国。也许他们说得有道理，人就如同机器，我们需要去除身上多余的、毫无用处的零件，只留下本质——神经反应，肢体的简单运动，也就是他眼前正在发生的情景：孩子平躺在桌上，两边各有一位护士分别拉动他的手和脚，头部由另一位护士负责，三人配合着帮孩子摆出行走时四肢与头的正确姿势。父亲又想起了《美丽新世界》里的生产线，在那里绝不会出现眼前的场景，因为基因整合时会直接消灭偶然可能出现的错误。据诊所解释，孩子们的病症（基因问题或脑损伤）影响到了他们四肢交叉配合的行动能力，也因此导致其他方面能力下降。"若我们能增强他们的行动能力，就可以有效地解决其他相关问题，我们能够恢复他们的行走能力。"父亲幻想着在千万年前，水生生物爬行到陆地上，开始适应新生活。这项练习可能略显荒谬，但好歹是个办法，可以让他和儿子保持肢体接触，让孩子感受到父亲，从而建立一种他坚持认为不可能出现的父子之情。

他继续沉浸于幻想，无法集中注意力听别人说话，这是他自己创造出来的一种病，不论对方语速多慢，他就是越来越不能集中注意力。他觉得人应该靠写字来交流。六年前的这个时候，他正在葡萄牙的科英布拉大学学习，在图书馆认真阅读加缪的《局外人》和尼采的《悲剧的诞生》。男人望着头顶电灯发出的惨淡白光，心里计算着时间：没错，差不多就是这个时候。"我的大学时代！"男人像上了年纪的人一样怀念起过去美好的时光。他觉得自己总会被时间落下，总是晚一拍，如果他有足够冷静的分析能力，他会说自己根本还没有出生。在欧洲求学的那一年，他身上只有很少的钱，但他利用那一年时间读了很多书。他仍记得自己是如何穿着大衣到超市去偷沙丁鱼罐头，偷回来的战利品全都囤在柜子里，然后买些面包，吃饭的问题就解决了。无业游民，他的正当职业就是"无业游民"。男人在脑内幻想的世界中开怀大笑，就像是正在酒吧和朋友们喝着啤酒，讲述着他那精湛的偷盗技巧。

也许如今他会解释说：一切都是因为军政独裁统治，那标志着法律的崩塌。七十年代是腐败被合法化的年代，无论左派右派，所有人都说：咱们来走条捷径吧。若上帝不存在，一切罪行都将是被允许的。上帝这张牌已经被挑出去了，现在是政府管事，既然政府都开始犯罪了，还有什么是不允许的呢？在男人正神游的时候，其他父母们正认真地听着诊所介绍如何为孩子做刺激神经发育的练习。1975 年，他在德国，住在拉斯柯尼科夫①式的一间阁楼里，

---

① 《罪与罚》的主人公，是一名穷大学生。

每天白天睡觉，夜里看书、写作。阁楼很小，若他猛地站起身，头就会撞到天花板。他又回忆起在葡萄牙的时候，他住在科英布拉的阿方索·恩里克路，那时他满脑子都是卢梭和马克思，弗洛伊德相比之下略显无用。他在那里写出了集大成的诗作，看到了光明的未来：所有力量已聚拢起来，为新一天破晓。他曾和一位葡萄牙共产党员朋友一起在街上的电线杆上画锤子和镰刀，他们本可以用那个时间去玩斯诺克、去喝酒，或是边聊文学边往蒙特古河里扔石头。他记起自己当时很擅长画画，两三笔就在电线杆上完美地描绘出锤子·镰刀，为葡萄牙点燃革命之火。一个临时政府接一个临时政府，革命似乎到了最后阶段。他会有怎样的结局呢？成为第一个发表不同意见的人？成为第一个被击毙的人？某个集中营的看门人？"我们在学生会的人？"又或者只是个无名小卒，努力在黑暗势力下存活？他们曾到科英布拉的共产党总部听演讲。葡共领袖阿尔瓦罗·古尼奥在狱中用羽毛笔作画，这些画的副本后来被销售，收入全部用于党内活动。空气中充斥着 1917 年俄国革命的氛围，列宁已经抵达芬兰车站。古尼奥在他的一篇文章中说道：俄国人所说的"护照"其实就是我们的"身份证"。他们从苏联的一边到另一边需要有这种证件，而不是像右派法西斯分子所说的根本就不允许到处移动。

他曾参加过一次红色游行，举着红旗和一群共产党员一起走在葡萄牙那充满中世纪氛围的小路上。是的，在葡萄牙，中世纪的影响依旧鲜活。在所有拉丁语系的语言中，葡语是唯一一种听从了教皇的指令，将原本由罗马人物（异教徒）的名字所命名的每一天改为无聊的星期一、星期二……葡萄牙人民是顺从的，一个简单的命令就让他们改变了生活习惯。他走在人群中，手举红旗，一个"偶然的共产党员"，看上去就像卓别林一样滑稽。游行队伍转了个弯，大家停下脚步，聆听从某个窗口发出的演讲。他没听完就离开了，把旗子交给身边某个人。"他们应该付钱给这些革命工作者。"他在心里为那些人默哀。在市中心闲逛了一阵，他发现了一家极好的书店，就像一个阴暗的洞穴，里面到处都是书。这里绝对是书虫和文学爱好者的天堂。在如同迷宫一般的书店里，他走到角落，四处环顾了一下，将一本由企鹅出版社出版的《海明威短篇故事集》藏进大衣兜里。毕竟海明威和他一样都是充满革命精神的旅行者，不同于弗朗哥，弗朗哥就如同托尔金笔下那些拥有不死之身的邪恶角色，这位西班牙纳粹主义领袖在病床上忍受着煎熬，迟迟没能咽下最后一口气。

为什么恰好在这个时候想起以前那些事？女医生正在为他们讲解神经发育的过程，他面前是一张彩色画片——脊髓鳞茎（抓握反应及瞳孔光反应），脑桥（爬行、哭泣反应及外形认知力），中脑（自主抓握能力）和大脑皮层。他几乎陷入了完全的自怨自艾，脑中描绘着这样的场景：一个好人，刚刚让生活稳定下来（妻子、工作、学习、未来、书籍），却从上帝那里得来一个错误的孩子，这孩子没有让他得到救赎，反而将他变成奴隶。这是《旧约》中的又一个考验。残暴的上帝给每个人考验，想要榨干人们的灵魂，只为让所有人都一事无成，只能躲在绝对力量的影子里。为什么？不为什么，人最终要回归尘土。

"若能有简单的答案就好了。"男人深吸了一口气，"问题就是不存在什么简单的解释。你到今天这一步是所有偶然与必然相加的结果，与上帝没有一点关系，也没有什么因与果，你被当下的每一秒所淹没，时间不能倒退。接受吧，轮到你了。"

男人被完全的沉默所包围。

父亲总会把手指放在孩子掌心里，看孩子是否会攥住，这对他来说已经如同条件反射，他看到孩子就会下意识这样做。他把孩子放到地板上，孩子似乎能感受到头的重量，试图挺直脖子、抬起头。这可不简单。这是必要的练习，若孩子能自己翻身并保持面向天花板，父亲则需要再把孩子翻过去，让他重新开始为支撑自己头部重量而战斗。这样的练习看似残酷，实则并非如此。孩子不会抱怨，重新面对地板之后，他就像重新开始一项工作一样继续摆动着手脚。

菲利普目前还不能算是"儿子"。年轻的父亲还不明白其实他很需要这个患三体综合征的孩子去征服"儿子"

这一角色。先天因素只是自然方程的一部分。晚上，在酒吧，年轻的父亲在烟酒作用下转变为一个浪漫乐观主义者。他默默背诵着犹如数学方程般的神经成熟进程——那条生产线——想以教学般的口吻讲给想听的人，告诉他们只要再过两三年，他的儿子就能变成正常孩子。他的话语中带有一种过分强制的感觉。他在描述国际象棋的完美之处时也会用相同的语气。少年时代，他曾短暂的痴迷于国际象棋，直到某次比赛失败，他痛哭了一场，就此放弃。"很明显的，你需要用刺激的方法来使孩子发育迟缓的神经恢复正常。"他觉得酒吧里缺少一块能帮他提高解释效率的黑板。

"你看，若正常孩子听到尖细的声音需要听两三次才能出现本能反应，那患病的孩子就需要听三百次来恢复先天的缺陷。""我买了长笛，每天都在菲利普边上吹。""这声音很尖，你感觉到了吗？"男人又打开一瓶啤酒。"看那个正在走路的人，手脚协调，看着多简单。""先天愚型"的孩子需要别人帮他模拟走路时手脚的动作，以便刺激他的神经恢复这种感觉。他们需要补偿先天的缺失，纠正从娘胎里带来的错误。

有一项练习每天要做数次，每次五分钟。他们把孩子面朝下放在桌子上，男人和妻子分别站在桌子两边。一位女佣托着孩子的头，她人很安静，有点害羞，现在每天都来这里。三个大人在操作台前站好。他们拉着孩子的手脚活动，左手和右脚同时向前，接着右手和左脚做出相应的动作，头也随着手脚摆动。孩子就像牵线木偶，按照人类行走的模式有节奏地运动着：一，二！米饭和豆子！三，四！豆子进盘子！男人幻想着孩子的神经网正在适应大脑的支配，一切运行正常。这种治疗最基本的目的就是加强大脑的支配作用，也就是让大脑成为神经的支配者。三个人就像三台机器，几乎每小时都要这样运行五分钟。男人放下正在写的书，到儿子的"生产线"上工作。他的书中出现了一个名为耶稣的婴儿，其父是个资产阶级吸血鬼，曾在1970年就何为善良、道德以及优良传统发表了精彩演说，然而在背地里却以手无寸铁的年轻女孩为目标，吸食她们的血液。这个人物总会很小心地在受害者颈部的洞上贴好创口贴。作家闭上双眼想，也许是孩子在指挥他周围三个大人的动作，如同行军一般。他想起了一个关于鸽子如何训练人的笑话，默默地笑了。

1975 年，男人曾非法逗留在德国。他借钱买了从科英布拉到法兰克福的车票。他在法兰克福中央车站下车，身上只有一些硬币、一张写有地址的纸和手画的简要地图。他要找的地方并不远，走着就能到。他背着双肩包穿过美因河上的古桥，试图平复内心逐渐加剧的恐慌感。他曾计划像马可·波罗那样无畏地探索新世界，却发现自己做不到。德国对他来说曾只存在于歌德、托马斯·曼以及君特·格拉斯等作家的作品中，如今他真正站在了这片土地上，然而他要面对的是无处不在的恐惧。如果找不到工作，怎么办？他一句德语都不会。最终他找到了目的地，那是一家医院。他按着指引，径直走向地下室。他需要找一位皮内罗先生，那是一位善良的阿尔及尔人，会说各种语言。他只简单询问了一下就被带到更衣室，拿到一件全白制服，得到一个归他使用的储物柜。最初的恐惧逐渐转变为喜悦。

工钱是七马克一小时，他笑了，感觉很幸福。"大脑支配。"他想，依旧有节奏地摆动着儿子的手脚。他就像是一个埃及奴隶，在黑暗的货船，开始每天十八小时不间断地划桨，心里却高兴无比，因为可以继续生存已经让他很满足。能够担起自身重量，哪怕再多一天也好。他很愚蠢地把制服套在了自己的衬衫和裤子外面，然后像个矮冬瓜一样走出了更衣室，走廊里一位女士笑着向他解释说应该脱掉自己的衣服再穿制服。最终，他穿着合身的制服走进了医院巨大的洗衣间。摩登时代，他想起了站在生产线前的卓别林。作为作家，他拥有一项特权，那就是永远观察自己和他人。他不是在生活，而是在观察生活。

在多次运动之后，男人把孩子抱起来，又一次唱起他自己编的一首愚蠢的歌曲："一个小小的、漂亮的、爱闹的、烦人的……"这是他为树立还未成形的父亲形象所作出的努力。在时间开始吞噬我们的时候，我们才能真正感受到时间的存在。在此之前，时间只不过是日历上的记号。我们也曾感受到似乎有一种稳定感，一种永恒的安宁存在于我们所想所做的一切之中。我们打败了时间，跑在了它前面。男人想，如果有魔鬼出现，他会愿意与之定下契约。他为这个想法笑了。他每天都会按照皮亚杰那本关于儿童智力的书来给儿子做测验，这是在和时间赛跑，在这一阶段，时间仍是静止的，这样一切变得轻松起来。"现在，如果我把这个塑料娃娃放在地上，孩子应该会伸手去抓。但如果我用手或是布把玩具遮住的话，孩子就应该完全不感兴趣，就像玩具根本不存在一样。"他做了试验，果真如此，这让他感到很高兴，"我的孩子是正常的。"他想。再过不久，孩子就能凭着娃娃露出来的脚认出那是玩具。也许是明天，也许是后天，总要经过一段合理的时间。目前，他还不能只因为脚就认出那个玩具娃娃，但这是正常的，书上就是这样写的。

然而练习并没有就此结束。一位木匠师傅正在房间的一角安置一块窄木板，那是为婴儿准备的滑梯，两边有保护层。一块亚麻油布包裹着滑梯，使表面略显粗糙，以便孩子能停留在上面，但同时又能让他慢慢下滑。房间很快就变成了工作室。男人一直讨厌医生、医院、护士、药品、疾病、走廊、死亡,然而整个家正一点一点地变成诊所。他把孩子放在滑梯顶部,孩子脸朝下趴着,双臂自然地阻挡着身体,四肢动一动,就会下滑几厘米。滑梯帮孩子创造了一个有助于他恢复神经功能的具体情形,据手册上说,这种由高到低的滑行有助于增强孩子的爬行能力。父亲在滑梯尽头下面放了个闹钟,想用铃声对孩子进行附加的刺激,手册里没有这样的要求。孩子看不见闹钟,只能听到它尖细的响声,他睁大眼睛在深渊的最高处无望地寻找着。

男人留孩子在滑梯上,自己到另一个房间,关起门来写他的书。恶魔以广告商的身份出现在书里,他的钱包里装满了信用卡。他发表了对上帝以及整个世界的演说,充满讽刺。他还密谋想令《耶稣受难记》的试演失败,这便是《苦难试演》这本小说的主题。这是一个恬不知耻的角色,身上还带有浓重的滑稽色彩。"要避免把这个人物刻板化。"作家想,但他还没想好其他可能性。他活在一个所有人都在奋力追求思想简化的世界,他必须不计一切代价来避免这一点。有时他觉得不是他在写作，而是文字自身在书写着，他笔下的文字好像比他知道得更多。"我们不能在同一时间知晓一切，只能逐层深入到知识内部。"他点上一根烟，回到儿子身边，儿子下滑了半米。他给闹钟上弦，继续放到滑梯底端，这就像是给小老鼠准备的奶酪。作家猛然转身朝自己的房间跑去，他刚刚想到了十分精彩的一句话，必须马上写下来。

洗衣房的工作是机械化的，巨大的铁臂把成堆已洗好的衣物放到工作台上，他的工作是迅速将它们分类。浴巾、手巾、床单、枕套，分别放在不同的篮子里，篮子装满后便被送到熨衣妇那里，她们把衣物拉平后放进一个类似滚筒的机器，等衣物再出来时，全部已经叠好。然后会有人把它们放在小车里，都送回中心大楼。最初的那些天，他为这种机械化运作以及身处的"巴别塔"而着迷，在那里他能听到南斯拉夫语、西班牙语、葡萄牙语、阿拉伯语、阿尔及尔语、土耳其语还有意大利语。他喜欢上在缝纫间工作的一个女孩，她坐在右边第四排第七个位置，在罕有的休息间隙，他想办法接近女孩，问她借火。女孩正拿着一张电影画报和另一个姑娘聊得热火朝天，直接把打火机递给了他，都没有看他一眼。女孩手指上有被烟熏黄的痕迹，和他一样，近看起来脸也不是那么好看，只是眼睛很有神。能这样看着她已经让他觉得很开心。他比之前更有活力地回到工作台，已有堆积如山的衣物等在那里。

这一切都发生在五年前，记忆还很新鲜。在他的书中，有一个角色会飞。魔幻现实主义在这位作家手中被讽刺、夸张以及隐喻所腐蚀。军队暴力入侵苦难之岛，搜索共产党员以及吸毒者，面对军队的暴力行为，瘦弱的如同苦行者的摩西做出了甘地式的回应，他飞升起来，宛如一只蜂鸟莲花坐于空中，直到他被打死，落回地面。士兵们松了一口气，他们接到的命令是：把那个混蛋弄下来！他们成功地完成了任务。作家开心地站起身，"多么美妙的场景！"不是，并不是真的，他的书还没有一个叙事主线，他其实还不知道自己正在写什么，但那并不重要。他又点上一根烟，盯着天花板出神。突然，他又写了一个句子，细小的字迹落在发黄的纸上。他想起儿子，孩子此时已经滑到地上，睁着双眼好奇地看着发出声音的钟表。男人温柔地抱起趴在地上的小老鼠，又放回了滑梯顶端，然后重新给闹钟上弦。战斗又开始了，孩子的双眼在寻找着正在某个地方发出声音的闹钟。他抬起头，左手向前动了一下，右手也跟着动，整个身体向前挪了一点。

男人在洗衣间的工作只到上午十一点，之后他到清洁部门，换上另一套制服，拿着桶、扫帚以及清洁剂乘电梯到最高层。每层两个清洁人员，分别负责打扫病房和走廊。他的搭档也是外国人，可能来自阿拉伯或土耳其。就剩下他们两个的时候，那位老兄突然架住他的胳膊，指着地板用略带威胁的口气说："我，走廊！我，走廊！"这意味着男人一上来就要面对最困难的任务：打扫病房。他接受了。推开第一间病房的门，他见到一位头上插满管子的白发老者。他干活的时候，老人只能用双眼追逐他的身影，苍白的脸上写满恐惧。病床周围有各种仪器，偶尔发出信号，男人能听到老者沉重的呼吸声。"拔掉其中一根管子，他就会死。"他想，他温和地冲老人笑了笑。他看到一只蟑螂从一部机器下面爬出来朝着洗手间方向冲去。地板已经干净得能照出人来，却仍旧有蟑螂。他想起以前在书上看到的话：下一个冰河时期到来时，蟑螂依旧能够存活。那个土耳其人威胁他是有道理的，走廊绝对比病房容易打扫。男人离开第一间病房时，看到土耳其人已经打扫完走廊，正站在窗边抽烟休息。"狗娘养的土耳其人！"他的心因感受到敌意而紧绷起来，然而他继续工作，推开一个又一个病房的门，见到病床上的老人们，偶尔有年轻人，还有一两个孩子。某些房间是空的。走廊的墙和病房门上有很多长长的德语词，他猜不出意思。他曾想过要学德语，但一转身就将这个想法抛在脑后，他没有时间。他需要尽可能地攒更多的钱。他一周工作七天且不放过任何加班的机会。

在罕有的休息日，他会散步到法兰克福，进到随便一家书店，将自己埋进书海，然而那些都是德语书。漫步于书架间隙，他认出一些已拜读过的作家：约翰·斯坦贝克，海因里希·伯尔，斯科特·基·菲茨杰拉德，萨特，狄更斯，胡利奥·科塔萨尔，托马斯·曼。面对这些无法阅读的德语书，他想起了博尔赫斯在暗光下的高大身影，就如同安迪·沃霍尔的画作，博尔赫斯手拄着拐杖说："最极致的讽刺便是，上帝赐予我世上所有的书并同时让我身处黑暗。"这陈述就如同国际象棋中精妙的一步棋。"上帝只留下一种文学性的假设，已失去了其他感觉。"他想，大错特错——穆罕默德的身体和灵魂正在地平线上展露雏形。男人想在书店找到葡萄牙语书，这想法越来越令他欲罢不能，他埋首穿梭于书架间，全然忘记了时间，最终只找到三本若热·亚马多的小说，别无其他。男人感到很惊讶，就好像他曾经所生活的世界不存在了。那些让他形成语言风格、让他有了声音的一切已不复存在。"踏上飞往外国的航班的那一刻，"他总结，"我们就不存在了。"男人站在最后一个书架边，手上翻着装订精美的德语版《堂吉诃德》。他差点高声喊道：我们巴西作家都是偷沙丁鱼的小贼，

117

是无用的布拉斯·柯巴斯①。

孩子又一次到达地面。男人放下手上的书稿，去陪儿子经历最困难的练习。他把一个塑料面具戴在孩子脸上，只遮住鼻子和嘴，面具上的橡皮筋轻轻勒着孩子的脖子。菲利普只需要动一下手就能摘掉面具，重获充足空气，然而这样的小动作对他来说依旧很难做到。塑料面具在孩子吸气时慢慢收缩，褶皱起来，之后又恢复原样，里面充满孩子呼出的气体，然后再次褶皱，这次更厉害，接下来又被孩子呼出的炽热气体所充满。孩子的肺部正在为争取更多氧气而奋斗，面具里充满了孩子反复呼出的气体，那已经不能算是空气。菲利普尝试用手摸面具，这是项艰巨的任务，大脑的想法与手上的动作总是合不上拍。塑料面具在绝望中不断胀大又缩小，孩子的手依旧没有方向地抓着，直到最终他成功地弄掉了面具，重新自由呼吸新鲜空气，大脑瞬间受到氧气的猛烈攻击。父亲仿佛看到孩子经历了

① 布拉斯·柯巴斯，巴西著名作家马查多·德·阿西斯笔下的人物，小说《布拉斯·柯巴斯的死后回忆》（1881）的主人公。

非正常胀大及缩小的肺最终恢复了生气。这样的残忍是必需的，也许孩子需要去力争成为一个"真正的儿子"的权利。男人又一次把孩子放回滑梯最高处，转身回房将自己关闭在文学创作的愉悦之中。他点上烟，深吸一口，陶醉于其中，感受尼古丁进入他心灵的每一条血管。他提笔快速写了几行字，然后抬头看着高处，叹了口气，继续回想。

　　一个星期之后，医院又来了一位新的勤杂工，同样是巴西人，很好动，不太招人喜欢。男人想把土耳其人对自己的那一套用在这位新手身上，但他知道自己没有尼采那种对权力的渴望，做不到挺起胸膛大声指挥别人干这干那。最终他们公平分配了打扫任务。在某间办公室，新来的小伙子拿起某张桌上的计算器放进了自己的衣兜。"我要把这个拿走，没人会注意的。"男人发现了，他在三秒钟之内幻想了之后会发生的情景：医生声称自己丢了东西，按照时间和楼层查一下就能查出负责打扫之人的名字，接着发一张简要的辞退通知，估计是用德语写的，然后用手指着大马路，一脚把偷盗之人踹出去。他抓住同事的胳膊说：

119

"把东西放回去！"小伙子抬起了下巴，像是不接受莫名的指责。男人坚持说："你要是不放回去，我现在就下楼告诉他们发生了什么。"小伙子笑了："嗨，我就是开个玩笑嘛。"男人放开了对方的胳膊，小伙子把计算器放回原位，拍了拍男人的后背，冲他笑笑。都过去了，解决了！他觉得不舒服，他该去告密吗？告发别人是件有损尊严的事。他想起了告密者的原型：犹大。男人依旧记得自己在超市偷沙丁鱼罐头时内心所感受到的恐惧，他在货架间的阴暗处掩饰着不耻的行为，怕周围的人会看到，担心他们会突然指着他喊"抓小偷！"耻辱，绝对的耻辱，没有任何挽回的方法。问题是他这位巴西老乡就是个笨蛋。最好还是和土耳其人一起工作，好像他们那里会在抓到小偷之后，砍下他的手。男人幻想着锋利的匕首沿着袖口砍下，最后只剩冒着鲜血的断臂。他笑了，又开始快速的写起来，工整的字迹平行排列在黄色稿纸上，这表明他觉得自己的文章写得不错。

接下来他带孩子到黑暗的房间进行下一种练习。多年之后，孩子二十五岁的时候依旧会怕黑，睡觉时总要开着能发出微弱亮光的灯。除了怕黑之外，他还怕电闪雷鸣，一出现这种天气的时候，家里所有的门窗都要关紧，还要拉上窗帘。父亲有时候想，孩子这些恐惧也许是小时候在黑暗房间里接受刺激治疗造成的。他没有办法知道这是否是真正原因，时间不可逆转。"一切未曾发生的，本就不会发生。"做出选择吧，你面前只有一个选项，那就是保持冷静。没有第二次机会了，"没有其他时间，在此时间之上。"男人摆弄着幻灯机，他想起了哥哥，这部幻灯机是哥哥送给他的，正是为了帮孩子进行刺激治疗。有些幻灯片是图形：三角形、四边形、圆，有些则是物品：钉子、椅子、树、眼镜、橘子、树木、牙齿、杯子。图旁边写有这些物品的名称，都是大写字母。在黑暗的房间里，幻灯机在墙上投下一大片橙色的光，由大写字母写成的词汇随着图片逐个闪现，年轻父亲的声音在屋中回荡，他读着每一个词，就如同长官命令士兵们重复"橘子"——"咔嚓"下一张——"树木"——"咔嚓"下一张——"钥匙环"——"咔嚓"下一张——"书"。孩子被用安全带固定在一张小椅子上，他好奇地看着墙上不停变换的图片，听着父亲的声音。幻灯片对他来说只不过是突然出现在他面前的彩色图像，没有任何意义，但这种练习需要坚持下去，每天几次，无关联的词汇被不断重复，就好像是一首达达主义诗歌。

"总有一天，我的儿子会戴着映在墙上那副大眼镜阅读托马斯·曼的《魔山》。"年轻的父亲想象着，他正在酒吧与朋友碰杯。"他会读亨利克·易卜生的《人民公敌》。"他记起这本书中的一句名言：世上最强大的人，就是那个最孤独的人。"也许他会成为演员，身形和他父亲一样苗条，他站在舞台上说：令人烦恼的冬天……他将扮演理查三世，感情饱满地阐释莎士比亚的剧本。他能够把台词都消化为自己真正的感受。"从家出来之前，男人又给孩子做了皮亚杰那本书里的测试，孩子的反应在书中都能找到依据，看起来发展得不错。"《苦难试演》也会好的。"他想。

男人把在德国打工攒下的马克精打细算地花在了巴黎。他以海明威的《流动的盛宴》作为指导，在巴黎寻找着每一处书里所描绘过的地点。他每天的写作断断续续，他尝试着每天结束在一个很好的位置，一个能让他有欲望继续写下去的地方，如此他便能在这一天剩下的时间里，一直考虑自己的作品，而不用担心第二天会因为一页都写不出来而沮丧，不会出现短暂的瓶颈。他每天不会写很多，或者说，只能写很少一部分，他对自己说：尊重你的读者，如果你有读者的话。问题就在这里，他二十二岁了，还未写出任何精彩的文章，一篇都没有。"还没到时候。"他为自己辩解，小心翼翼地打扫着病房的床。那一天总会到来。"所有力量已聚拢起来，为新一天破晓。"他在德国的某个阁楼里，想起这首他在葡萄牙时所作的诗。

晚上是最好的时光，六点之后他继续到大楼地下的厨房工作。厨房里有大型工作台，上面有一条传送带，传送带的尽头是一部自动洗碗机。男人再次情不自禁地想起摩登时代的卓别林式场景。在德国的时候虽然辛苦，但男人过的很快乐，并没有觉得痛苦或是悲伤，一切都在掌控之中，就如同卓别林式喜剧：到了结尾，所有人都鼓起掌来，没有谁会死。"然而现在的生活却截然不同。"他想。他在考虑儿子的事。一些人开着小电动车把餐具运到传送带旁，另一些人马上把它们从铁皮斗里拿出来放到传送带上面。这和男人在洗衣间分衣服的工作很像。大家迅速把托盘一个挨一个放在传送带上，铁皮斗空了之后，电动车向前挪动两米，新的一斗就又出现在眼前。传送带边上有一整排待分拣的物品：刀叉、碟子、剩饭，最后是托盘。杯子、碟子和刀叉会被送到后方一台冒着热气的大型机器里，最终洗好的餐具会被重新运到各处供人们使用。这项工作总是进行得马不停蹄，男人没有时间去思考。在极其罕有的休息时间里，他的一位共产党员朋友小声对他说："传送带边上的工作是最好的，这些德国人扔了很多好吃的，你注意到没有？"他这才注意到确实有不少食物：真空包装的肉肠，还未动过的小盒黄油或布丁，吐司，小面包，这一切最终都会被丢进垃圾桶。他想象着所有垃圾最终都被送进大楼某一处的巨大焚化炉。烟囱里冒出的股股黑烟最终在天空中消失得无影无踪。然而他和朋友并不去在意卫生问题，他把一个纸箱放在脚下，看到有好的食物传送到自己面前就拿走放在箱子里：香肠、黄油、面包、吐司，够一顿晚饭了。他们还获得了另外一项权利，皮内罗先生找了一个简陋的房间，暂时让他们住，里面有两张床，一张桌子和一盏灯，原先可能是个杂物室。医院大楼内部就如同一个错综复杂的迷宫，他们所住的小屋就在迷宫某处被人所遗忘的角落。一切都是非法的，充满了不确定性。他的工资每周一发，都是装在信封里的破旧纸币和一些硬币，拿到之后也不需要签字。虽然住宿条件不好，但能多白住一天就是一项创举，而且现在他们还能在厨房解决饮食问题。他们晚上不能出后勤大楼，因为他们没有任何证件，出去之后就不能再进入楼内，但这对他们来说并没有关系，工作结束时间是晚上十点，第二天早上七点便又重新开始，所以他们一下班就只会想睡觉。他们的晚饭就是把从传送带上拿到的香肠、鸡蛋、火腿、奶酪和黄油全部混在一起。吃过饭后，他们就睡了。工作和休息无止境地循环，那段日子是他这一辈子睡得最踏实的时期。早上他们可以在公共浴室洗澡。他们在某个房间的冰柜里找了个冰块，房间的名字他们看不懂。"没准哪天咱们会在这儿发现尸体的手指。"他们边开玩笑边把冰块放进果汁里，想象着没准这间屋子是医院的停尸房。"去干活吧，咱们已经迟到了。"

他带儿子离开黑暗的房间，到桌子上进行下一项练习，他打趣地称之为"神经大清洗"。咱们开始游泳吧，孩子。一！二！米饭加豆子；三！四！豆子进盘子！坚持五分钟。他幻想儿子最差也能成为一名运动员。他开始构思《苦难试演》的下一页，名为米罗的画家角色登场，此人居于荒岛的洞穴之中——作家不知自己在想什么，尼古丁正在他大脑中兴风作浪。墙上挂着一幅画，一切皆以艺术为名。艺术界的贵族，这便是社会流动性的真正体现。扫把滑过德国的地板，他翘起了鼻子。"自由艺术"是一块用来贴在额头上的塑料标识。他这才明白自己与那位强势的土耳其人之间的隔阂在哪里。他突然感觉到他在那家医院打工是命中注定的。洗衣间有几位葡萄牙籍老妇人，她们似乎在这里工作了很多年，这些老人对他很友善，经常送他甜点、酒还有面包。在她们眼里他可是从科英布拉大学毕业的博士，但他其实从未在大学上过任何一节课，不过解释也没有用。他问其中一位："您知道石竹花革命吗？"不，她们什么都不知道，她们甚至忘记了一些葡语，也没有条件学习德语，不过这并没有削减她们的友善。这些老妇人仍然使用着十四世纪的古葡语，只有两千的词汇量却够说一辈子。除了老妇人们，还有一些合法移民在那里工作，他们对前去打工的学生总是抱有敌意。那些金发碧眼的学生，长得就像德国宣传手册上的模特一样，他们去打工并不为钱，只是以抢移民的饭碗为乐。这些人家里都比较富裕，从他们的姿态、衣着以及那快要翘上天的鼻子就能看出来。他们最终都会离开，回归到原本的富有生活中，实现宏大的人生计划：一个说要当艺术家，还有一个说要成为医生。"而我们，"他幻想着移民们会说，"我们一辈子就只能和扫把和刷子打交道，德国人自己才不会干这些活。你见过这里有德国人吗？从来都没有，他们都是优等生，是生活在美丽新世界的另一个阶级。""在这里也就我的水平比较接近德国人了。"男人站在镜子面前总结道。也许正是因为这个原因，他的工作量是最少的。"也许他们认为我以后会成为一位伟大的诗人：'所有力量都聚拢起来，为新一天破晓。'"若他能够规整好自己的生活，也许他会说："土耳其人都给我闪到一边去！"然而读了尼采之后，他发现土耳其人对待生活比他更认真。一个月之后，在医院厨房工作的合法移民们闹罢工，各种语言混杂在一起吵闹，他们将矛头指向了包括他在内的几个巴西人，他不明白到底发生了什么。第二天，他和他的那位共产党员朋友就被赶出了医院，一头雾水。皮内罗先生解释说上面要来进行检查，他们这些没有合法文件的外国人不能继续在那里工作。"你们明白了吧。"皮内罗先生给了他们一张纸，上面有一个名字和一处地址。

父亲抱着孩子离开桌子，又到了木板滑梯前。菲利普需要再次一寸一寸慢慢下滑。孩子在桌上的练习需要三个大人操作，妻子产假结束后，谁来代替她呢？他想起之前在诊所时女医生反复说的那句话：问题不在父母，父母是解决问题的人。他曾把一本名为《虚假的城市》的故事集悄悄送给那位女医生，那是他的第一本出版作品，他紧张地在上面写了一些敬辞，字迹歪歪扭扭。他总是抑制不住地想要圈地盘，想让别人知道自己是谁，想明确地说他不是牲口，他比那些只会打哈欠的土著人懂得多，但同时他又一直活在写不出好作品的挫败感中。他有那么多经历，但写出来的作品却都是抽象的模仿，没有深度，不完整也不够成熟。不久的将来，他会写出自己的故事。如今他要面对的是人生路上一块沉默的石头——他的儿子。孩子正慢慢往下滑，为了够到一个他看不到的闹钟。昨天孩子第一次在只看到玩具娃娃脚部的情况下认出了那是玩具，而且还爬到玩具边上把挡在上面的布扯开了。这是皮亚杰的胜利！父亲笑了。他在酒吧开怀大笑，举着啤酒说："我们都可以重新来过！"孩子滑到地面，父亲把手指伸向孩子手掌，孩子马上就用软软的小手攥住，就像是被女巫囚禁的小孩把手伸出笼子寻求保护。

一年后，他们搬到库里奇巴城郊的一所只有五十四平方米的小公寓，公寓虽小，却是两层，如同一栋大房子的微缩版，对此男人感到莫名的愉悦。在二层的某一个小房间里，他装上了覆盖一整面墙的书架，那些曾被无数次粉刷并拆卸的木板一直变换着外形追随着他。（他喜欢做木工。他曾幻想自己能拥有一块车库大小的空间，放上工作台、车床，建一个木匠工厂，然而从未能实现。）在以后的几次搬家中，书架高度和宽度的变化以及剩余墙面的数量展现出了他生活水平的提高。

　　公寓的价格很诱人，分期付款的话每月还款份额比普通月租低，订金用的是一张支票，那是他之前做一份文字方面的工作所赚来的。一切看起来都很简单。他们在某个周六下午交了订金，在之后那周的周二，他们又一次来到公寓，男人才发现附近有一所木材厂，机器发出很大的噪音，不停歇的嗡鸣将伴随他以后的文学创作。晚上，偶尔会有一个疯狂的金发女人赤裸着出现在马路上，在月光照耀下十分吸引人。她放声喊着一些意味不明的话，直到有人抓住她，给她披上外衣。她脸上充满了恐惧。作家站在窗前看着外面的疯女人，他把眼睛所捕捉到的一切在脑海中转化为蒙克①的画作，这让他暂时跳出了现实，然而依旧有机器轰鸣声在空气中回响，久久不停息。一天清晨，他去后院给芒果树剪枝，突然发现原本安置在后院的一个煤气罐被偷走了。自那以后，他买了链条和栅栏，还让人做了一扇铁门。房前有块两平方米大小的空地，他们种上了黄瓜、萝卜、香芹和向日葵。某个午后，有位妇人停在空地前说很敬佩他们善于利用空间，用不大的地方种了不

① 爱德华·蒙克（1863—1944），挪威表现主义画家、版画家。他对心理苦闷的强烈的、呼唤式的处理手法对20世纪初德国表现主义的成长起了主要的影响。

少东西。作家对妇人表示感谢，他很爱听这话。他觉得自己就如同美国作家威廉·福克纳笔下令人敬畏的角色，无法理解祖先留下来的传统却一直遵守着，因为有种存在于理性之外的古老力量迫使他这样做。那只是一个美好的文学人物形象，并不是他。他觉得自己是虚假的。一根古老的脐带连着他青年时期对亡父的想象以及一个卢梭式的梦——远离城市，逃脱体制，活在一个新的世界，自己制定规矩，对世事不闻不问。这很难，一切都好像会失去控制。

妻子工作的地点在城市的另一角，她坐公共汽车去上班，中途需要倒一次车。为什么他之前没有想到这一点？妻子并不想买这里的小公寓，是他坚持要买。他照看着家，偶尔帮别人补课或修改论文。在告诉别人自己的住址时，他必须画张地图才能说明白，在图上标出各种指示，写上每条小路的名称，没人认识那些路。公寓所在的小路是以一位平庸诗人的名字所命名的，这位诗人名叫路易斯·戴欧菲诺。公寓在很长时间内都没有电话。他沉浸在已书写了几个月的新书中，不去理会前一本书没能出版的事实。他把出版社寄来的拒绝信都放进抽屉，在沉默中咽下自己在文字角逐中的一次次失败。这些并未令他感到困扰，仿佛他的一部分一直在拒绝这种对峙——最好谨慎地低下头，在这个迷宫里尝试去走一条新的路。世界远比他更强大、更有权力、更震撼人心。也许他应该重读尼采，但已经没时间了。他第一次听到了时间齿轮转动的声音，感受到自己所接触的物体已开始生锈，时间终于启动了。

他生命中的某些东西正逐渐流失。妻子又怀孕了，按之前所预测的，这次也有一定风险。根据之前的咨询，有数据表明，若第一个孩子的三体现象属于简单类型，第二胎患此病的几率则微乎其微。但男人知道数据只不过是一群专业人员在实验室中整合出的结果，谁又说的准呢。最终妻子在坎皮纳斯接受了羊膜穿刺，结果一出便打消了所有疑虑：他们将有一个基因正常的孩子，是个女孩。他接到通知电话的时候是下午，放下电话之后，他站在窗前望着与公寓相隔一片荒地的木材厂。这里很有小镇的感觉。

在这一刻，机器的轰鸣对他来说已没有那么刺耳。笛声响起，工人们该下班了，已是晚上六点，接下来的安静时光仿佛是神的恩赐。男人打开窗户，点上一根烟，闭上眼狠狠吸了一口，感受尼古丁填满心灵。他即将拥有一个正常的孩子。"我迫切地需要一种正常感。"他对自己说。他问自己："'正常'在哪里？商店里的'正常'一直在缺货呢。"他笑了笑，"现在终于有货了。"他想象着女儿的形象，内心感到无比幸福。

即将出生的女儿为困难时期带来了欢乐。男人从未能够融入人群，感觉自己是集体中的一员，这看上去很简单，他却从未做到。未来开始偏向新的方向，他清楚自己只是个粗糙、鲁莽且不成熟的人，没有生活资源。妻子能忍受他到什么时候？他能忍受妻子到什么时候？他曾经对妻子吼过两三次，都是因为一些鸡毛蒜皮的小事，妻子却从不和他吵。他已顺利毕业，拿到了学位，现在该做什么？他记起之前一位老友看他没工作就领他到一家报社，让他争取在那里工作。报社就在大学附近，他上台阶的时候就已经觉得不舒服，很想转身回公寓，埋首于作品，不去理会任何人。他感受到了自己心里有颗沮丧的种子，但他未曾完全屈服。报社的主编是个愚蠢的人，表面和善只为掩饰钢铁般的内心。他说报社不缺记者，但是缺排版的人。那是在 1982 年，报社仍在应用人工排版。"不，谢谢。我不懂排版。"男人转身回家了。在那年之前的一年，他那本《抒情恐怖主义者》出版发行了，然而没能产生任何影响，没有人听过这本书的名字。"让他们期待下一本小说吧，"他想，"有三百页值得期待。"《苦难试演》是第一部有关他自己生活的小说，讲述的是他在儿子出生前的生活。书稿在抽屉里，他已收到几封来自不同出版社的拒信，他正在与放弃的想法做斗争。没人要求他一定要写什么。"为什么我不能去找其他事做呢？"他偶尔会问自己，想象着他去做一份正常的工作。

文学是他所要面对的问题中最小的一个问题。他看着孩子在塑料板的保护下坐在地上，试图用自己的手拿食物，结果就是一场灾难，却很有趣，食物洒的到处都是，孩子的额头上沾着面和豆子。然而总有一天他需要自理。他们一直按照诊所制订的计划帮孩子锻炼：四肢按标准运动，每天数次；用幻灯机放文字和图像；戴面具的呼吸练习；尽可能让孩子多在地上爬。他们把各种各样的刺激练习持续了一年多，但父亲逐渐有了挫败感，他有点不能忍受了，放弃了皮亚杰那套开发智力的方法。在黑猩猩实验中，开始的几个月它们甚至表现得好过同龄的幼儿，但之后便永远停滞，智力水平不及人类。他现在感受到了孩子的智力不可逆转地落后于正常水平。孩子很好动，显得很活泼，但总让人觉得有距离，他像是把自己关了起来，其他人都推不开挡在他心灵之外的那扇门。"我们无法进入他的内心。"让菲利普学习语言是件很困难的事，语言对他来说就如同一片未知的大陆，他看着父亲的手势，听着发音，在词汇间磕磕绊绊地前行。"要去爱这样一个孩子需要一定的努力。"男人心想。或许他没这样想，这位年轻的父亲什么都不想。

他找到了另一个能暂缓心情的方法：用他那台奥林巴

斯 OM-1 相机给孩子拍照。他寻找合适的角度，想把儿子原本带有"先天愚型"特征的脸拍得如同世界上其他所有正常孩子一样。人们在照相时不都会这样做吗？没人愿意看到照片上的自己张着嘴，露着舌头（除了爱因斯坦，他笑着想），眼神呆滞，下巴上还有口水。眼神，眼神是最重要的。"我找合适的角度给儿子照相也是无可厚非的吧？"他用铅笔和羽毛笔在纸上画孩子的脸，尽量还原现实，但结果并没能令他满意。他依旧无法轻松地和别人说起自己的儿子，每当有人询问，他便立即说"挺好"，"一切都好"，接着迅速转移话题。有那么极其罕见的几次，他主动向别人说起儿子的真实情况，对方都是陌生人，说完后他能感到双方都变得不自然，尴尬的气氛无法化解。世界上有些人与我们不同，他们不太需要科学知识，而是需要我们慷慨地给予理解。这种想法曾只是空想，但在如今，二十一世纪初，它已逐渐为人们所接受。他的儿子只存在于充满奇迹的世界。

几年后的某一天，他和儿子在路上碰到一位衣着简洁的女士。她走近父子俩，微笑着祈求上帝保佑他们。那微笑虽纯净却虚伪，如同金质的假牙。男人早已熟识那虚情假意的话：如果先生需要教会的帮忙，请尽管来找我们。他边走边想："人们低估了教会的力量，总有一天它们会再次统治世界，就如同漫画里的大魔头一样。"同时，他也在衡量自己有多希望把儿子作为借口，把自己的失败归因于孩子，以此得到别人的同情。"是啊，他是个好青年，本该有远大前途，只可惜生了那样一个孩子……都完了。""不对，"他下意识地自言自语："快说不是这样的。"还有一次，那是在菲利普刚出生不久，男人把自己的不幸讲给以前的一位老同学，此人如今已是左翼议员候选人。当时这位老同学把手放在他肩膀上，语重心长地说："对于这种情况，政府应该给予更多关注。"就差直接说"请投我一票"。"对，政府确实该关注，但我不喜欢政府。"男人心想。他就像是被剥削的农民或实施剥削的贵族，两者对政府都没有好感。"政府该做的事，我自己来做就好，现在我只需要一瓶啤酒。"这话他只在心里想了

139

想，并没有说出口。

多年之后，即便已是小有名气的作家，他仍不愿意提及儿子。并非如年轻时单纯想逃避现实，而是害羞，不愿将那些通向失败的无情现实展现于众。放过其他人吧。最好保持内心有不被别人触及的一隅。失败是无翼之鸟，我们将它关进抽象的笼子只为认清自己。有一段时间，他一直活在"一切正常"的幻觉之中，如今他依旧会幻想儿子看上去很正常，在人群中并不显眼，不会吸引别人的注意。其实他真正需要的是突破恐惧的勇气。

在我们的生活中，偶然会出现断点，生活就在那一刻断裂，即便把手伸向过去，也无法挽回失去的一切。在大约五六岁的年纪，他第一次经历了这种断裂的时刻。当时他拒绝听从父亲的话去邻居家取生菜。"我不去。"他盯着父亲的眼睛说得十分清楚，之后又大声重复了一遍"我不去"，像是在检验自己的力量有多强大。结果是父亲一手抓着他的衣领，另一只手用像拍子一样的木板打了他屁股几下，然后放开他："你去不去？"他大哭起来，也许并不是因为疼，而是发现自己的力量有限，"我去。"

若你想拒绝，就必须能承受后果。他一生都在拒绝，大概是为了从儿时那第一次的失败中恢复过来。他已经学会了如何在拒绝之后不挨板子。拒绝，这是一件多么困难的事！

另一个片段：1971年，他在里约的商务航海学校学习，梦想着能够像约瑟夫·康拉德[①]那样环游世界并创作小说。这是他拒绝了大学，拒绝活在体制中的选择。在航海学校的几个月，他生活在封闭的军事管理之下，每天以晨练开始，接着是马不停蹄的各种课程，晚上还要轮岗放哨，一天下来一刻不得闲。但他并不后悔，这是段美好的回忆。他不是里约人，属于外来学生，因此会比别人受到多一点的重视，同学们偶尔搞恶作剧欺负他，他也都忍了下来。那时的巴西正处于军政统治最严重的时期，独裁的阴影笼罩了每一个角落。他利用站岗轮休的间隙阅读。除

① 约瑟夫·康拉德（1857—1924），生于波兰的英国小说家，是少数以非母语写作而成名的作家之一，被誉为现代主义的先驱。年轻时当海员，中年才改行写作。

了对数表以及航海书籍之外，他还读了《百年孤独》以及卡尔·雅斯贝尔斯[1]的文章。他自认是位存在主义者，却并不清楚存在主义到底是什么。他在航海学校的生活遵循着严格的道德与逻辑准则，就如同巴尔加斯·略萨[2]在小说《城市与狗》中所描述的那样，这就是军事学校的悲哀。他有一位外号叫"2001太空历险记"的同学，为躲避恶作剧而从二楼窗户跳下，摔断了一条腿。在调查审问中，他没有把制造恶作剧的几个老兵供出去。有一位同学是将军的儿子，此人肆无忌惮地在校园某处种了大麻，还曾炫耀地对其他同学说他在入学考试前一天已经拿到了试题的答案。他也结识了几位好友，其中一位向他讲述了自己参与围剿游击队员拉马尔卡的经历，这位同学那时仍是新兵，对行动一窍不通。那时的巴西无法使自己合理发展，正处于最深的黑暗之中。

---

① 卡尔·特奥多尔·雅斯贝尔斯（1883—1969），德国著名的哲学家和精神病学家。
② 马里奥·巴尔加斯·略萨（1936—　），拥有秘鲁与西班牙双重国籍的作家及诗人。

存在主义初学者最终明白军校并不适合他。他给身在远方的女友写了很多封情书并收到了同样多的带着口红印记的回信。他欺骗家里人，一边继续向他们要学费，一边着手办理退学。最后他发现若想退学还需要母亲签字，因为他的年龄不够独立做这样的决定。他模仿母亲的笔迹在文件上签了字，交到办理手续的部门。身着制服的公职人员用略残忍的口气说要把他转送到某个军营，因为他必须服满一年兵役。他出示了库里奇巴后备军训练中心的文件（这次是真的）说："我已经算是超时服役。"公职人员明显失望了。第二天，这位未满18岁的少年拉着行李独自走在巴西大街上，完全找不到生活的方向，但他很清楚自己想成为作家。这并非是一个经过深思熟虑的决定，而是他内心日益增长的恐惧正愤怒地现出原形，要求他彻底改变。他走在路上，独自一人，一只脚迈进了梦想，另一只也跟着迈了过去。他迈进回程的公交车，感觉恐惧逐渐占领他的身体，拖住他的脚步。

菲利普在两岁零两个月的时候，终于迈出了人生最初的几步。作家看着孩子小心翼翼保持着平衡，走得很稳。他想：我小时候发育得也比较晚。孩子这么晚才学会走路并不是问题，其实治疗计划反而刺激孩子推迟开始行走的时间，因为要在他迈步之前让神经组织更成熟，达到行走所需要的水平。助步器或者手杖等任何辅助工具对孩子自身成长来说都是不利的，就让孩子在地板上爬，时间越长越好。作家一直记得之前在诊所听到的一个说法：在患儿中，穷人家的孩子比富人家的孩子动作更协调，更灵活，神经系统更成熟。贫穷家庭的妈妈们把孩子放在地上，自己要去刷碗、做饭、工作，于是孩子就全靠自己努力地翻身。富人家的妈妈为孩子提供充满香水味道的怀抱，干练的保姆以及婴儿车、带软垫的助步器，时刻注意给孩子系好安全带，以此来弥补孩子本身的缺陷。只有不畏惧地面，让孩子自由在地上爬才能有助于神经系统的发展。二十年之后，作家会发现儿子走路时能非常好地掌握平衡，从不会摔倒，步伐稳健。他还会发现儿子是个游泳健将，游起来比他这个父亲强几千倍。作家一下水就是个悲剧，手脚完全不协调。

　　教菲利普学说话确实很费劲。年轻父亲每天都给他放幻灯片，每隔一小时都会对着孩子迷茫的双眼大声重复那些零散的词汇，然后给孩子看用大写字母拼写的单词：冰箱、爸爸、桌子、椅子、笔、哨。表面上看来一点效果都没有，但他觉得通过不断重复，这些词汇总能在孩子大脑中留下一些印象，至少能吸引他的注意力。让一个还不会说话的孩子学认字？这就是愚蠢的美国式实用主义，他想起了刺激治疗那华而不实的理论依据，说到底不过是一种机械技巧，是狭隘的行为主义。他这样想就像是在为自己的疲惫与失败找借口。但那又怎么样？总好过什么都不想。有一个项目他根本就没有尝试，那就是数学。诊所建议给孩子看带有红色圆点的卡片，上面有相应数量的数字：3、9、2、57、18……把这些数量重复相加，孩子便会在圆点数量增加过程中逐渐掌握数字的概念，并非通过逐个数取圆点，而是通过对卡片上圆点整体的把握，这就如同心理学家们所说的"格式塔理论"，即对整体的认知。这原本是为正常孩子设计的一项练习，这让他更加失落。"正常的孩子"，这是他的噩梦。正常的孩子为什么也要受这样的折磨呢？

男人不再想数学练习，而是静静看儿子朝门口走去，步伐缓慢却稳实。他想确认孩子的动作是否达到正常标准，左腿和右手是否配合协调，看上去还不错，但他还不敢确定。孩子前进的方向有不少障碍物，他像是边走边思考该如何迈下一步。年轻父亲想着自己疲惫的生活以及就快耗尽的精力，沉浸在没有尽头的日子和无论做什么都会出现的不完整感中。一切都是沮丧的起点，他拒绝接受，想找到一个出口，但没有出口，他只能感觉到失败，尤其是现在，他有了一个既美丽又正常的女儿，但儿子却把自己封闭起来，不接受世界。孩子走到了门边，门锁着，他伸手够到门把，机械地转动了几次，门没开，他固执地捶了几下。他的大脑还无法推测出他需要的是一把钥匙。

工作让人变得愚蠢。离开法兰克福的医院后，他与那位共产党员朋友到附近某个卫星城市，住进一栋有许多工人混住的小公寓。如今他已记不起那里的名字和地址，只记得当时有位委内瑞拉移民，据说中了彩票，得到一大笔钱，但他把钱全都捐给了教会，依旧踏实地当清洁工，每天拿着抹布、拖把和清洁剂打扫楼梯和走廊，嘴里不停讲着基督耶稣的伟大之处。他关于宗教的长篇大论令人头疼，但说得还算有条有理，所以只要你能边干活边想些其他事情，并且注意和他保持距离、避免他用手碰你的肩膀，你就能够与他和平相处。这位老兄人脉广泛，总能联系到一些散活儿，他答应帮两位巴西人介绍工作，但条件是让这两个人（一位无神论者、一位共产党员）陪他去某个教堂做一次礼拜。两人考虑到那小公寓还算适宜居住，且答应之后基本每天都会有工作，便接受了条件。

神殿丰富的建筑细节隐秘却真实，给他留下了深刻印象。比如说在本该有管风琴和唱诗班的地方只有用玻璃围起的一个空间，专门为带孩子来的人而设计，减少孩子哭闹时对他人的影响。此外，还有新教教堂的干燥感、仿制的哥特式窗子以及一缕清新的墨香。德语布道的音调让他想起儿时在圣卡塔利娜见到的神父。这确实是一个德国教堂，从表面来看，一切都具有高品质。他觉得在这样高尚的环境里，他和朋友就像两个野人。他感到痛苦，这是他生命中少有的为工作而出卖灵魂的时刻：我在这种狗屎地方做什么？不过这是把灵魂卖给上帝而非魔鬼，这买卖其实挺合适，只要忍受一下布道——他对此有所抵触，总是抱有狐疑，这种抵触反而成为宗教传播福音的动力——就能换来各种零散工作，在每天结束的时候能拿到闪闪发亮的马克和芬尼。在医院时的安宁生活已不复存在，如今每天都是一场战斗，他毕竟只是个想赚钱的非法逗留者。

　　工作开始的第一天，他们被要求早上六点半到路边等，会有车带他们到另一座城市的某诊所。要出门的时候，两人发现门似乎锁上了，怎么也拉不开。只有这一扇门可出入，位于厨房，通向后街。他们尝试了很久也没能打开，时间快来不及了。最后两人从窗子跳了出去，向着路口狂奔，生怕赶不上车。路边已有一位非法工人在等车。他们问他："你是怎么出来的？"这位阿拉伯老兄笑着伸出手，做了个往前推的姿势。门并没有上锁，只是应该向外推开。两个人居然连没有上锁的门都打不开，机械化工作让他们变成了傻子，愚蠢到不会换一个方向开门。

　　年轻父亲推开门，孩子开始探寻外面的世界。他面前便是那辆黄色甲壳虫，他应该对这辆车充满敬意。孩子慢慢向车走去，每一步都很小心。父亲叼着烟卷，透过窗子紧盯着儿子的每一步，挫败感再次向他袭来，这孩子以后能说话、阅读、写字吗？能算是文化人吗？他一如往常地感受到现实的残酷，他需要诚实地面对自己，菲利普永远不会是正常的孩子，一点余地都没有，而他自己，作为父亲，两年来一直生活在幻想中，治疗方法那强有力的理论基础——不能算是理论，只不过是将生活分解为无数刺激与反应的逻辑性机制——让他看不清现实。孩子并不会给他情感上的回应，他只活在自己的小世界里，周围的一切都进不到他心里。他偶尔发出一两声，说出几个音节，但组不成单词，就像发音练习，没有实际意义。但父亲并没有放弃，尽管他已经力不从心。妻子为孩子坚持着那永无止境的刺激治疗，现在又多了个女儿要照顾。习惯于流浪与漠视的父亲，梦想着有天能逃开这一切。某个夜晚，当他坐在酒吧里准备打开第四罐啤酒的时候，他差点大声喊出那句愚蠢的陈词滥调：滚动的石头才不会生苔藓！他第一次见到女儿是在儿子出生所在同一家医院的妇产科，由同样脸上不带任何笑容的医生抱着，时间也差不多，孩子黑色的眼睛盯着他看，眼神穿透了他那充满焦急的双眼——你想要个正常孩子？我来了！

很多年后他会冷静地分析这道数学题：孩子是他情

感上的投资,继承了那些埋藏在他身上多年的优秀品质。那时他会想:需要"正常"的不是孩子,而是我自己。生下那样的孩子,就不能再私心地只想自己。他第一次尝到了"不满"的味道,但现在他已经明白,他并不想哭泣、逃避或是消失于绝望的迷雾。他在感到不悦的同时又觉得斗志昂扬,想要把那些幻想中的敌人都踩在脚下,那些混蛋——哪些?谁?"你只是独自一人,就像你计划的那样,"他想,"现在更是如此,你年少时的导师已无法再拯救你,他那卢梭式的空想已经过时,虚假得如同迪士尼仙境,而你却没有任何新想法能取而代之。大自然并没有灵魂,留待我们去规划,每个人都是或大或小的怪物。没有什么是已被书写好的。新一天破晓只是天文现象,没有半分玄幻可言。你通过学习语言和文学,在言语的缝隙中找到了科学与快乐,你用它们推开探寻世界的门,却发现你对自然的敬意早已被摧毁。你感到愤怒、不满。你还不能算是一个作家,但你一直都知道如何为事物命名,这是你所拥有的核心品质。""写作便是为事物命名。"他并没有用"描绘事物"这样的字眼，因为事物在我们为其命名之前什么都不是。"我儿子是什么？到目前为止，仍只是个幻影。"他想。尼古丁侵蚀到他每一条神经的末端，烟已经无法使他放松，他吸进的只是焦虑与沮丧。他思索着化学物品的力量，告诉自己世上一切都是化学元素的堆积，"我们什么都不是。"——这只是个庸俗的借口。

"我儿子正尽最大努力试图爬到车座上，他的手脚自主寻找着最佳位置，大脑并没有帮上忙。"年轻的父亲能看出儿子很固执，这也是病征之一，儿子一遍遍有规律地重复着自身动作，就如同卡壳的唱片。父亲也是个固执的人，可能没那么明显，毕竟他没有患上会让他强迫重复动作的病。事实是，他把自己固执的性格当做避难所。他偶尔会假装自己是一个受命运摆布的悲剧人物，命运无法避免，他把自己所做的一切都归因于命运使然。这当然只是个荒谬的幻想。他并没有信仰，宇宙进化论对他来说亦如空话，在他和古希腊人之间存在着时间裂谷，即便如此，他仍放纵自己徜徉在命运的悲剧式幻想中：一切未曾发生的，本就不会发生。只有站在生活之外，以冷眼反观，才能看到这一维度。如今他站在自己制造的飓风的风眼，明白了生活不会变成美丽的假象，它不是、也不可能是挂在墙上的一张完美全家福。他的生活是极致的异化。"异化的、异化"，他想起了这些在六十年代被不断重复的词汇。在他的记忆中，"异化"一词是与"真实"相对的，"真实的人"vs"异化的人"。人们到处说着"意识形态"，却不知道这个词的真正含义。那是"逐渐隐藏现实的过程"。如何隐藏？逐渐隐藏真实的现实？需要有人来解释一下。基督徒与马克思主义者坐在同一条形而上学的船上。"只有时间才是真实的现实，它是唯一的参照。"男人沉思，"无可避免的是转变，任何形式的转变。"

孩子用胳膊撑起身子站在车门边。"他能进去的。"父亲想。他记起自己给孩子照的一张照片，儿子穿着蓝色连体衣，躺在桌子上。照片构图精巧，色彩平衡。他使用了强聚焦来拍摄孩子的脸，背景虚化。孩子看上去很正常。

153

他这个父亲才是看起来不正常的那一个。他曾把这张照片拿给一个熟人看,心里感到骄傲又有些不安。"嗯,他的眼神确实有点空洞。"对方说,好像不是为说给孩子父亲听,只是陈述出一个简单的现实。他永远也不会忘记在听到那句愚蠢却真实的观察时自己内心所感受到的痛楚。很显然对方是个直率的人,不依赖于幻想或不切实际的可能性。是的,眼神出卖了一切。得了这种病便在很多方面都具有劣势。这孩子和我们面对着同一个世界,但他不能看到更远的前方,不能理解什么是抽象,什么是具体。多年后男人会发现,世界只是个直径十米的空间,而时间则永远停留在"当下"。

"我也正在经受历练。"他收到了来自几个出版社的拒信。现实生活正无情地猛拽着他,把他摔在地上,他笑着,想象自己和儿子一样努力配合手与脚的动作,只为能站得更稳一点。他需要到弗洛里亚诺波利斯①去继续读已经开始的硕士课程;需要找到养家糊口以及改

① 巴西圣卡塔琳娜州的首府,位于大西洋沿岸。

变他生活的方法；需要抵抗在面对新生活时日益增长的恐惧与不安，向前迈出一步，解放自己。这是他生命中一个断裂的时刻，和之前所经历的每一次断点一样，这种时刻总会在他身上留下一些印记。唯一支撑他的是他那夸张到近乎荒谬的自尊心——被他巧妙掩饰的纯粹的自负。他对命运充满信心，坚定不移地相信着命运将会安排好一切。当然他不能干坐着等命运让一切发生，他需要有所行动。

他记得第一次感受到梦想破灭的时候，戏剧团解散了，他无法继续躲在那个小团体里享受来自导师的保护，肆无忌惮地发挥自己那偶尔略显粗俗的幽默感。经常做蠢事的小团体于他来说是比社会更加安稳的庇护所。他曾以为可以和那一小撮人实现新中世纪主义的神话，以小型集体为单位生活，最终却只能回归到个人状态，自食其力。他尝试过成为一名钟表匠，在他从欧洲回到巴西不久之后，在人口不多的小城镇里开了间小店。柏拉图不是说过一个理想的共和国应该只有两千居民吗？"1976年，当我从欧

155

洲回到巴西的时候，脑子里到底在想什么呢？"多年之后，他这样问自己，却找不到答案。他什么也没想，一切不过是由恐惧引燃的梦。他依旧是那个不肯面对生活的孩子。

断点在墙上喷绘出钟表店诗意的名字："五点钟——修表店"，这名字向诗人加西亚·洛尔卡致敬①。他在主街道上租了个地方，签了人生中第一份合同。他把从巴西钟表工匠中心得到的证书裱起来，挂在店里很显眼的位置，以此来安抚内心的不安。镇上还有另一位钟表匠，人家没有证书，却绝对有更精湛的技术。在二十三岁的年龄，这位高中学历，饱读了柏拉图、赫尔曼·黑塞、卡洛斯·德·安德拉德、威廉·福克纳、《期刊》②、奥尔德斯·赫胥黎、费奥多尔·陀思妥耶夫斯基、威廉·赖希以及格拉斯里亚诺·拉莫斯的文学爱好者，把未能出版的故事集（《虚构的城市》）放进抽屉，将油漆未干的招牌挂在两米高的门

---

① 指诗人费德里科·加西亚·洛尔卡的诗作《献给伊格纳乔·桑切斯·梅西亚斯的哀歌》的第一部分。诗中反复出现"在下午五点钟"这一句。
② 发行于六十年代末的一本巴西期刊，内容多为批判军政独裁。

上。在那间位于巴拉那州安东尼那市的小店里，他站在柜台后摆弄着工具，期待那里的三千居民中会有人把钟表送过去让他修理。他只身一人面对着世界，感觉胃里一阵阵发冷。

经过手脚坚持不懈的努力，孩子最终爬到了驾驶座上。父亲在屋里默默地看着，边吸烟边思考着自己所处的十字路口。一切都很好，除了他自己。他有两本未出版的书静静躺在抽屉里，有两个孩子，其中一个就在他面前，正努力想站在驾驶座上。他依旧能听到锯木的声音，那已成为他生活的背景音。生活中的断裂时刻越来越频繁，它们都是成长道路上的障碍。他累了，但仍然拥有三十岁人该有的精力。他必须为生活做出决定。他痛苦地发现自己缺乏维持生计的能力。金钱，他需要挣钱。他想也许他——从没拿过学生名单的人——可以成为一名讲师。学生时代，他始终坐在教室最后一排，靠近出口。弗洛里亚诺波利斯将进行一场公务员考试，若他通过，便会成为这个国家成千上万公务员中的一个，这也不错，毕竟他认为教师是这个国家里仅剩的体面职业。与此同时，他感到一种改变，他无法用语言来描述，却清楚地知道那就是：离开。他不做任何主动尝试，而是任由生活把他带到另一个方向——离开妻子、孩子、家、过去；开始新的生活。"去他妈的！"他愤怒地骂了一句，又点上一支烟，脑子里想着晚些时候要去酒吧喝上几杯。孩子已经在驾驶座上站起来了，手紧紧扶着椅背。金钱，钱在巴西没有任何价值，多年如此。它甚至已经没有名字。这个愚蠢的小魏玛共和国没有高效的国家管理方法，却有各种金钱梦，能让有钱人赚取更多的钱。没钱的人，就比如说他，只能依靠银行。他到银行去支付公寓的分期付款，发现需付款额增加了将近200%，他不懂这其中的经济奥秘。东西的价格与其价值不再有任何关系，一切都是浮云。你买一件价值一百块钱的商品，花了三百块，还欠了九百块。那些原本旨在惠及低收入群体、对处于社会深渊的民众给予补贴的经济政策最终转变为中上阶层展开剥削的另一种手段。多年后，他想："在二十一世纪的现今，所有人都在勉强自保。"他试图去理解巴西混乱的经济。

"这就是狗屎！我不会付钱的。"他告诉银行职员。对方没在意他说的脏话，依旧热心地看着他，略带威胁地提醒他：

"先生，你不继续还款的话会失去房子。"

"你们把房子拿走吧。"

说了"不"之后，就要能承受后果。他和妻子两个人拿着笔和纸计算，希望能找到一条合适的出路。若银行一年后才驱赶他们，卖掉这公寓便是一笔好买卖。他试图卖房子，收到的最好出价是用一辆谢韦特轿车与他交换。这辆车有低悬架，宽轮胎，铝制车毂，后视镜上还挂着圣母玛利亚像。一切都很值钱，但他基本没有考虑。不久后，来自银行的催款信逐渐堆满了抽屉，偶尔有人在看到告示后好奇地询问他们出了什么问题。他们搬走了，把空房借给一位在街上卖海报的朋友，让他和妻女住了进去。"只要没人来赶你们走，你们就先住着，按时交水电费就行。要是有人问起我们，就说不知道去哪里了。"

旧的一页即将翻过，他已在弗洛里亚诺波利斯成为一名老师。某天他接到妻子的电话，法院要求她这个"女被告"去签署关于房屋的文件，要为那房子负法律责任的是她，因为购买房子时她丈夫还只是个无业游民。"但他们是怎么找到你的？保罗·马鲁夫①还没被抓起来呢。"男人打趣说，"抱着菲利普，让他痛快地哭，没准他们会心软的。"这就像是让格鲁乔·马克思②去演绎查尔斯·狄更斯笔下的故事。

无情且无所不能的银行提出了很过分的解决方案，想要榨干他们的每一分钱。人们曾成群结队到司法部门要求减少剥削（鉴于巴西司法系统行事拖沓、步调缓慢的作风，他们多年后才能最终取得胜利），而他这个野蛮的无政府主义者想丢下这一切不管。他能想象在之后的三十年内，

---

① 保罗·马鲁夫（1931— ），巴西政客，被指控贪污而断送了政治生涯。
② 格鲁乔·马克思（1890—1977），美国喜剧演员。

他将要面对无数的法律文件、律师以及每一个想毁掉他生活的混蛋，就为了那一文不值的小公寓。他发现他可以把公寓的所有权转交给银行，类似于"事物支付债券"，这一合法手段遵循了汉谟拉比法典的守则：若我支付不起，便要将货物原样退还。也许在过去欠债人会被砍掉手臂，现在则只需一直穷下去。他亲自写了申请书，用打字机慢慢敲出那些法律词汇，差点在最后加上一句：去你妈的！最终他完美地解决了他在三年前的某个周六下午，因未能抵住房产商开出的诱人价格而犯下的错误。小公寓到了银行手上，终于得以在市场上体现它真正的价值——若银行想将它出售的话。

儿子最终摸到方向盘，用手握紧，向左转又向右转，模仿父亲开车的样子，直到他发现了车喇叭。他为新发现高兴不已，不停按喇叭。父亲向他走去，"菲利普，别按了。"他不听，把左手压在喇叭上。父亲试图把他从车里抱出去。"菲利普，看着我。"孩子很有劲——早期的刺激治疗起了作用——两手紧紧攥着方向盘，不再按喇叭，但也不想出去。看着孩子略显空洞的双眼，父亲生气了。若他停下来思考一下，他会明白愤怒来源于长久以来的各种失败经历，然而他没有思考，因为他和孩子一样固执，他走不出自己的世界，很多时候他会陷入某种执念，现在他所能想到的就是：我得用力把孩子从车里带出去。父亲和儿子很相似，在这野蛮且荒谬的一刻，他们像镜子一样照出对方。孩子又开始按喇叭，直直地看着前方，像在开车，也许他把自己当做一位成年人。他边上的成年人此刻却像个孩子，看不清情况，只是一味地想把儿子弄出去，动作变得粗鲁。父亲拉住儿子的腰，但儿子用手紧紧握住方向盘，继续按喇叭，嘴里还模仿着发动机的声音。他把脚踩在座位上，更好地保持平衡。父亲用力拉扯儿子，但孩子依旧没有放开方向盘。一开始他转头看了父亲一眼，表情就像是第一次见到这个人，看着面前严肃的人，他好像感到很惊讶，他那封闭的心灵肯定有了某种反应，但他依旧没有放开方向盘，而是靠在上面，看上去很绝望。已经没必要把孩子抱出去了，他不再乱按喇叭，然而父亲也陷入了绝望，要把孩子弄出去是因为……因为什么？没有理由。"给我出去！"在动手打孩子前，他吼了起来。孩子看着他，仿佛认不出他是谁，也说不出话，只是靠着方向盘，两眼盯着面前爆发的人。父亲的手一下一下打在孩子身上，像是接受着来自大脑的神圣指令。一下、两下、三下、四下，直到孩子最终放开方向盘。

父亲抱着孩子迅速离开汽车，像是逃离犯罪现场。他看着儿子的脸，孩子依旧没有反应，没有哭。从菲利普不再是婴儿起，父亲就没见他哭过，最多只是在面对不理解的事物时表现得很惊讶又很生气，但随即又被其他事物所吸引，就好像他生活里的每一秒都会被下一秒抑制住。

时间回到男人在科英布拉求学的时候。他把一个厚厚的信封放在灯光下，想窥探出里面的秘密。打开前他摸了摸，感觉到里面有不同于信纸的东西。是钱，折起来的白纸里夹着一张一百美元纸币，此外还有一封来自他姐夫的信。姐夫支付了他去葡萄牙所需的路费，在十四个月后，同样还会支付回程的机票，那是在里约格朗德航空公司分十二次付款购买的。那时世界还很简单，你可以只身一人靠着一张单程票到欧洲，兜里揣上一些美元就行，或者甚至连钱都不用带。他在阿方索·恩里克路上租了个住处，把每月收到的钱拿到银行换成埃斯库多①之后交房租。他

———————
① 葡萄牙曾使用过的货币。

不去找私人货币兑换商是为响应某届临时政府的号召，为葡萄牙在"石竹花革命"后的重建工作出一把力。很多年后他才知道，信封里的一百美元以及之后每月收到的钱都来自圣保罗某位政客的私人小金库。装满非法收入的保险箱被放在政客情妇的家里，这位情妇不小心被人探出了口风，泄露了秘密。这就像是一部精彩的谍战片。这些钱被革命者们"还之于人民"，所有秘密组织都得到了好处，这其中就包括了MR8，也就是姐夫所参与的组织，他在巴拉那州西部开了个牙医诊所，阁楼里藏了不少走私来的武器。也许某天那些武器会在对抗右翼分子的战争中登场，帮助他们实现建立一个社会主义巴西的梦想。小金库里的钱经历了曲折的道路，最终有很小一部分未能响应时代号召参与革命，而是落在了身处科英布拉的无名作家手里。讽刺的是，这位作家向来不认为武装斗争可以解决人之间的问题。

葡萄牙的白色革命废除了近千年的独裁制度，书店里的书籍也不再接受审查。男人震惊地翻阅着《城市游击战手册》，感觉依旧能嗅到牺牲者们的血液。不知是命运的哪根线搭错了，这本书的作者马里格拉^①在三十年后成为了巴西大城市里投机商人们的灵感来源。在科英布拉的电影院，男人观看了帕索里尼的电影《十日谈》以及科斯塔·加夫拉斯的《戒严令》，这两部影片在巴西均属禁片。《戒严令》里有一个场景：学员们在学习如何折磨敌人，背景里有面巴西国旗。某个学员忍受不了眼前的一切，跑出去呕吐。似乎整个国家进入逐渐愚蠢化的过程，政府用不合理的方式管束着人民，人民则以政府认为"合理"的方式活着。没人跳出这张网，所有人都不能理解当下的每一秒到底发生着什么。

1975年10月，那张一百美元纸币落到了他手里。这钱由一个包工头的手里进了一位政客的小金库，接着在一场由自由人士发起的进攻中转移到了智利的一些组织，这其中还有一位三十年后成为女部长的女士所贡献的一份力

---

① 卡洛斯·马里格拉（1911—1969），曾是诗人、政客、游击队员。组织反对军政统治的斗争。

量。在智利，这张钱与其他百元美钞一起由革命者们掌控，作为战斗资金。其中一部分被装进绿色袋子，运到阿尔及利亚，还有一部分到了阿根廷，藏在一位被流放之人（军官的儿子）的鞋里，由他带到巴西的梅地亚内拉[①]，在那里一位牙医会在保证安全的情况下将钱换为巴西货币，再运往圣保罗和里约热内卢。这些美钞里的五六张最终到了科英布拉。一个将会成为作家的男人，犹如萨特笔下的人物一般沉浸在无知的欢乐中，每月拿着收到的钱在灯光下照来照去（有人告诉他若钱是真的，便会显现出一个半透明的图案，但他从没看到过），直到离开葡萄牙的那天，他都不知道那些钱的来历。

经过"石竹花革命"的"洗礼"后，科英布拉大学重新向学生张开怀抱。1976 年 1 月，男人和二百多个学生在大讲堂上了一些课，他觉得自己受不了那个空间，需要换个地方呼吸。他开始憎恨科英布拉，突然间一切都像是在与他作对，尤其是那无法抵抗的寂寞感。他受够了外国

---

① 巴西巴拉那州的一个市镇。

人，就连葡式口音都能惹怒他，更不要提那沉重的保守主义，穿黑衣的妇女们，中世纪的余韵以及各种陈词滥调。最终他回到巴西，独自一人拿着行李在巴西大街坐上回家的公共汽车。

他处理好了公寓的事宜，独自一人开始新生活，在弗洛里亚诺波利斯教书，远离家人已有两年。一家人只在周末相聚。没有过多的言语，但他觉得自己的生活逐渐规整起来。所以说也许一直以来需要治疗的并不是儿子，而是他自己。在三十四岁的年纪，他终于有了份签好合同的稳定工作，月收入的数额也固定下来。他成了公职人员，在巴西人里面，十个人有九个都希望自己能成为公职人员。他体会到了屈服于体制的幸福感以及站在黑板前所感受到的尊敬。他相信自己有很多话要讲给学生听，不是关于这个世界，而是关于语言的形式。然而他并没有得到那么多时间。他成为教师不久后，教职人员们举行了罢工，反抗军政府最后的统治。罢工像是没有尽头，实则持续了一百天。他利用这段时间写作他的第三本小说《临时探险》，这本亦没能出版，书稿躺在抽屉里，边上是来自出版社的拒信。晚上他喝着啤酒，继续像以往那样开怀大笑，口中骂着很多编辑，说他们都是狗娘养的混蛋。每个周末他返回库里奇巴和家人团聚。儿子和女儿都上托儿所了，和其他小朋友接触对他儿子自身发育很有帮助。前些年对儿子的严苛训练起到一定成效：孩子很健康，走起路来姿势正确、步伐稳健，他可以和其他小朋友和平相处，总保持着好心情，唯一的问题是他比较好动，坐不住。

你需要去认识他，感受他。父亲在两年中少有的见面时间里无休止地对儿子讲话，无论做什么都边做边说，他幻想着这些话语能为孩子种下语言的种子，弥补先天的不足，就好像蒙特罗·罗巴托①故事里的玩具娃娃艾米利亚，在从鹦鹉那里得到声音之后一直说个不停。他观察儿子，试图理解儿子在自己的小世界里所进行着的孤独之旅。他缺少和外界的联系。人应该能够感知他人的存在，感受身

---

① 蒙特罗·罗巴托（1882—1948），巴西二十世纪最著名的作家之一。

边有其他人在活动，聆听世界的声音，静静分析周围的人在人生舞台上的动态并以此为参照来找准自己的位置。他那不完整的儿子缺乏这些能力，他就像是一台机器，迟钝地接触着世界。他好动，不知道累，他把电视推倒过两回，幸好没有坏掉。

有人劝父亲找语言治疗师咨询，但他不信任治疗师，觉得他们不过是发明理论来自圆其说的骗子。他固执地认为，若孩子的神经系统还没有成熟到能接受语言的地步，便没有必要拔苗助长。声音训练应该是灵活而非机械化的。他甚至不承认语言治疗是科学的。他认为那就是对患者应用某种技术，而那些对于他儿子来说是无用的。他有些生气，在这一阶段的生活中，他经常感到愤怒。那天晚些时候，他和妻子带着儿子到语言治疗师那里尝试接受了一次治疗。这次经历基本就是折磨：孩子不老实，不集中注意力也不听别人说话，总是动来动去，不按要求去做。父亲生气了，因为他对那一切都失去了耐心，他觉得根本没有意义。他们让你做什么，你就得做什么。很久以前的那种羞耻感，他以为已经结束了，却突然又向他袭来，原来触发它只需带着儿子出现在陌生人面前。"于是人慢慢变得孤立。"他想。周一到周五，他待在弗洛里亚诺波利斯，基本忘掉自己还有个儿子，他感觉挺好，虽然他不这么想。他似乎在独自一人时才最快乐，但事实上他感觉很奇怪，就像他并没有在活着：所有的计划都没有结果，书都未能出版；他在弗洛里亚诺波利斯的某个湖边花很少的钱买了一块地想建个房子，但这计划也在一点点崩塌，因为有很多事他没能做到（他没意识到其实自己并没有很想建房子）。他依旧继续着卢梭式的梦，不过现在他已有了作为中产阶级的优势，急切地希望能和自然接触，过一种更加原始、更理想的生活。他幻想着儿子在家门前的绿草坪上长大，车库里放着他的三轮小车，他周围有友好且善解人意的孩子和他做朋友，而非那些没有教养的孩子，多年后他会看到这样一个场景，儿子面带笑容地和路边正在捡拾垃圾的一个孩子打招呼，对方看了他的脸一眼，吓跑了。"更加原始、更加理想的生活"，他重复着这句广告语，思绪转移到八十年代的电影上。一些在七十年代籍籍无名的小演员到了八十年代变得大红大紫，所谓大器晚成。上帝也是在无尽的寂静之后才创造了世界，等待是必需的。他觉得这样也挺好。其实一切都是虚假的，只是他还不懂，他依旧随波逐流的活着，一如从前。他生活中最真实的焦点便是写作，那是他的避难所，是对生活绝望后的一种姿态。文学逐渐侵蚀着他，试图让他得到他在其他道路上所无法获取的东西——存在的位置。他所创作的每本书都是他存在的证明，可以替换他现在所拥有的那份教职。他开始觉得那份工作微不足道，是条死胡同，就如同是隶属于国家的知识机器，在独裁统治的指挥下运行，教导学生们去服从，一切按部就班，不需要想象力。他不想说谎，其实不管他怎么挑工作的毛病，最大的问题还是他自己，失败是他自己的问题。

他和笨儿子在那里面对着语言治疗师。他几乎要忘了自己还有个正常的女儿，也很需要他，也许比儿子更需要他，"但正常的孩子只需要浇点水就会像野草一样生长。"

他想。他需要先找准自己的位置才能帮助周围的人。问题是他没有时间去做任何事情，或者说，只有时间在他的生活里飞速流逝，他感到自己正被时间吞噬。"他不太能集中注意力。"治疗师说。父亲带着儿子离开房间，他觉得周围的人都在看他们，看他怀里那个连最简单的句子都不能重复的孩子。然而孩子却十分安心地趴在父亲怀里，闭上了眼睛。

那是一个寒冷且忙碌的周五，天快黑了。男人又一次觉得自己就像一个卡通人物，只是现在失去了幽默色彩。黄色老旧的甲壳虫缓慢发动着。妻子说了什么，他没听见。他感到自己内心的怨恨以及流淌在皮肤下面的不适感。他疯狂地想要逃离一切。他想起某天晚上自己差点命丧于这辆车车轮之下的经历。那次他喝多了，把车开到家门口后，他下车开大门，手刹没有拉到位，车开始向后滑。他赶忙跑回去拉开车门，伸脚去踩刹车，结果他摔倒了，一只脚在车里，另一只脚在车外，汽车拽着他滑过沥青路面，他没办法自己站起来。妻子（不会开车）当时在后座（女儿也在），她到前座踩住了刹车。他后背出血了，衬衫被沥青路面磨破。当时路上没有人，车以逐渐增加的速度向后滑行。车停下之后，他想到自己险些丧命，感觉胃里一阵发冷。他生气了，就像是输了一场战斗，他不允许自己的形象有任何划痕，现在痕迹已印在他的血肉上。疼痛并不强烈，但他内心很敏感，这才是最痛的地方。他记得那晚进了家门之后，他开始破口大骂，骂的最难听的几句是在德国时和西班牙人学的：我在上帝头上拉屎！在三位一体上拉屎！在圣水里拉屎！

一家人沉默地进入停车场。男人不知道他即将迎来生命中一个标志性的时刻，如同里程碑一样在他生命中占据重要位置，让他永远忘不了。在回来的路上，他需要并入另一车道，在并线之前，他等着车道上原有的车先过。他后面某辆车的车主不耐烦地按响了喇叭，响得有点久。男人闭上双眼，趴在方向盘上想："我一定要杀了那个按喇叭的混蛋！"响声继续，这次明显有挑衅的意味。男人深呼吸，另一车道上依旧有车经过，他没办法并进去。好不容易出现了一个空隙，但不足以让他并线。他那辆黄色甲壳虫转力不够，在这种情况下，他通常会等到有比较大的空间时才并入另一车道。喇叭声更激烈了，他打开车门（妻子说了什么，应该是劝他的话，他根本没听），径直走向正在鸣笛的车。他发现开车是位穿着西装的老者，对方看到他怒气冲冲地向自己走来，明显吓坏了。男人没发现儿子正把脸贴在车后玻璃上专注地看着他。孩子睁大双眼看着父亲的每一个动作，感受他的气势，脸上写满了崇拜。菲利普通过观察学习着父亲的一举一动，和接受语言治疗时截然不同。

老者恐惧地紧握住方向盘。就要爆发的年轻父亲靠在老者的车窗边，大声喊着："这位先生您怎么不带着你的汽车喇叭滚呢……"一连串具有攻击性的脏话只为让那个混蛋从车里出来。"出来啊，混蛋！"他想杀人。他本打算拽着对方的领子，把他从车窗拉出来，就像漫画里那样，然后杀了他。"你太没教养了！"车里的人用颤抖的声音说出了这句略显荒谬的话，毕竟他自己也很无礼。然而男人像是瞬间被这句话拉回到文明世界，在这里大家交换思想和意见，而不是拳头。"没教养的是你！你个……"男人又开始感到热血沸腾，继续骂了起来。老者利用男人略向后退的瞬间迅速摇上车窗，最终把自己和一直在威胁他的怪物隔开。其他车辆在后面排起了长队，也开始鸣笛。有些车并进了其他车道，从他们身边经过时冲他们吼起来。所有人都像大猩猩，捶着胸口叫喊着，每个猩猩手里都有一辆车。作家冷静下来，转身走向他的黄色甲壳虫。他被自己的愚蠢行为击败了。他感觉到自己的灵魂在直线下坠，他试图找到论据来论证愚蠢的不是他的行为，而是他整个人生，他的生活本就充满了愚蠢与荒谬。他没时间去思考更多，他突然发现儿子正在喊"混蛋！"（语言治疗师都没能让他如此清楚地喊出任何一个词）。孩子对着经过车窗附近的行人以及车辆大声喊着"混蛋"。男人把车停在路边，深吸一口气，转向后座，试图向孩子解释自己之前不应该那样做，但孩子根本就不听。他用两只手摸着孩子的脸，直直看着孩子的眼睛，"看着我，菲利普。"他说，

177

接着又重复说自己不该那样做，"儿子，爸爸做错了。"
他小声说。他向孩子说了很多次自己的做法是错误的，孩
子最终安静下来。后座上有辆玩具汽车，孩子的注意力完
全转移到玩具上，他轻声说着些没有意义的话，把玩具车
放在腿上滑来滑去。

菲利普和妹妹上同一家托儿所，两人总是同去同回。生活似乎找到一个平衡点，稳定下来。如今作家已经回到库里奇巴。他用了六年时间完成了《衣衫褴褛的人》，此书已由圣保罗的大出版社出版发行，受到了评论家们的好评。作家在写作该书时所经历的混乱生活如今已一去不返。若有人问起，他也许不愿承认，但他确实已经很好地融入体制，至少融入了以大学为代表的知识体制。生活好似是对艺术的模仿，他成为了如同他笔下的马努埃尔教授一样的人。他当上了大学讲师，啤酒肚越来越明显，每天体会着人情世故，享受着最普通的安稳生活。多年后他会说："循环往复的日常生活是拥有绝妙稳定性的机器，是社会以及个人情感得以成熟的基本条件。"说这话时他没有在想自己，而是在想儿子。儿子每天的生活都遵循着相同的路线，循环往复的模式让他过得很安稳。他头脑中依旧没有"昨天"、"今天"或"明天"的概念。他的生活是永无止境的"现在"，就如同艾略特的诗歌，只是缺少了魅力。时间对于他来说是不痛不痒的存在，空间则只是他手脚能触及的距离，别无其他。菲利普每天要做的事情全由他母亲（而非父亲）组织好，他就像堆积木一样按顺序一点点做好所有事情。他逐渐明白了自己的能力有限。

"正常"的幻觉使得父亲停止了对儿子的深入思考。菲利普所在的托儿所是为正常儿童开设的，那里的孩子们基本都来自城市中产阶级家庭，他们的父母兜里揣着足够支付学费的钱以及各种人道主义善意。从四岁到六岁，菲利普和同龄孩子们相处得不错，没出现过问题，当然，他所到之处总会有"去理解和我们不同的人"这样的理念被宣扬。在二十世纪的最后二十年中，这种理念得以不断加强，人们逐渐对某些病患以及处在社会边缘之人给予更多的理解，至少大城市的人们以及中产阶级圈子做到了这一点。学校总是传播文明的主要机构，即使对于富人来说亦是如此。巴西的富人阶层完全应和了他们在五百年间所获得的印象：所谓的精英阶层外表粗糙不堪，为人荒诞不经、愚昧无知，自身腐败且腐化着整个国家，他们都在国家权力的核心机制中占有一席之地，他们使得国家权力沦落为纯粹的强盗主义。作家为巴西公立大学未来的命运感到担心。在议会上，无用的政党、好斗的公会以及无能的教职人员总会威胁到公立大学的发展。

月底时，他查看自己的工资单。那段时间他参加了罢工运动。1988 年宪法的制定代表他们取得了一定成就。他尽量不去想那些在晚间新闻上就新宪法侃侃而谈的政客们——都是军政独裁统治时期的旧面孔，也不去想他们浮夸的演说内容。他们这些人，分属于左派或右派，这两个词汇在过去的十年里几乎没有任何实际意义（作家不得不承认，这样也不错）。尽管这个国家的一切都出现了问题，但民众依旧知道他们想要什么。多年后，作家惊讶地发现，人们确实过上了他们想要的生活。看来唯一的傻瓜是他自己，比儿子更傻，儿子不能理解世事不过是因为天生就没有理解能力。每隔六个月出台的"国家政治条约"始终维护政府及其他国家机关的利益。巴西一直站在原地不动，当它要迈步时，只会向后退。中世纪的土地改革、可卡因商人暴动、成为巴西司法政治典型案例的卡努杜斯屠杀①和把发行债券作为社会政治主要决策——在八十年代末期并未出现这类的倒退。作为一名州立大学的讲师，他每月除工资外还能得到交通补贴和食品补贴。他好奇地看着那包裹在塑料里面的金属"公交卡"，没有接受，因为从他的住处到学校步行即可，他处理这件事的感觉就像这只是他一个人和国家之间的问题。对于食品补贴，他觉得是件好事，欣然接受。乞讨者的精神渲染着整个国家，穷人和富人都伸出了手，有的甚至摇起了尾巴。那些年龄未满五十便已从大学退休的讲师们拿着与月工资加福利同

---

① 卡努杜斯屠杀（1893—1897），发生于巴西东北部的战争，最终以军队武力进攻卡努杜斯镇并屠杀几乎所有居民为终止。

等数额的退休金继续到私立学校教书，以此将他们的月收入翻倍，前提是他们没能在之前的大学里申请到新工作。他开始觉得这样不好，不公平。然而所有人都沉浸在乐观的气氛里。谎言之所以能够持续存在，是因为人们渴望把它当做真相。

他亦是如此，让儿子去上正常的托儿所就能说明这一点。他依旧不向别人提起自己的儿子。他在库里奇巴新结交了不少朋友，他们保持着正常的往来与互动，几年过去，没人知道他有一个患唐氏综合征的儿子——在政治正确的时代，"唐氏综合征"这个名字最终取代了"蒙古症"。两个原因导致他迟迟不愿说出真相。其一是源于传统的羞耻心。孩子总被认为是衡量父母能力与品质的标尺。当然他的情况比较特殊，基因出了问题（可怜的家伙，错不在他），但这个借口还不够好，儿子降低了他的品质，他为自己的优秀品质而骄傲，总是默默地从中吸取能量或找寻安慰。知道"错不在他"就能解决问题吗？他作为一个满脑子都是人性与文明的文人到底也没能使情况有任何改变。身为作家的他，在情感上比儿子还要缺乏安全感。儿子正在良好的保护下茁壮成长。

若他认真思考一下，他也许会说：人们对于一切事情都只看重结果，不问初衷。这是一场没有尽头的赛马，你身在其中，飞奔吧。每一天，从早到晚，飞奔吧。是的，人们会理解的。大家都是好人，他们会理解的。这正是第二个原因：理解和同情。同情是多愁善感的食粮，而多愁善感只是裹着糖衣的谎言。这就如同文字柔细，不是不说出事实，只是把事情的本质隐藏起来。事情的本质……他偶尔会思考本质是什么：我到底是什么？菲利普又是什么？我如何才能理解他？

由唐氏综合征导致的固执性格有所减缓。文明的重量——持续提醒我们世界之中除自己之外还有他人存在，教育我们要尊重他人，即便是在不理解个中缘由或违背自身意愿的情况下——开始影响孩子的举动，他开始去衡量不同的选项，选择自己想做的事，不再局限于"只能做什么"。这让孩子的父亲大吃一惊，他松了一口气，孩子所做的选择越来越好。菲利普能做的事还不多，选择比较少，但他确实能够在行动之前小心思考，做出选择。他的脚步越来越坚实。

菲利普从婴儿时期就开始学习游泳，他游得很好。在现实世界，一切都会转变为竞争。他们带菲利普去参加过几次专为有特殊需要的孩子们举办的游泳比赛，这有助于提升孩子的自信心。这类比赛通常是绝不可能准时开始的，而且最终会演变为家长们的地狱。痛苦的父母们掩饰着自己的坏心情，无精打采地笑着，赞扬着周围的孩子，用最大的声音祈求自己那特别的孩子能够取得胜利。孩子们学习着竞争的规则，那对于他们来说有些难以理解，但比赛的整体气氛让他们马上明白的一点：你要赢！

也许只有作家一个人不喜欢这种场合。也许其他父母真的很高兴能参加这种比赛，或者说他们其实很希望能通过这种场合进行一下社会交往，但当大家真正聚到一起的时候，幻想中的美好消失了，笑容失去了意义，一张张笑脸变为错位的怪相。他的儿子在第二泳道游着，动作很机械，速度较慢。也许心情不好的只有他这个做父亲的，比赛毕竟是那些心地善良的老师为有特殊孩子的家庭提供的聚会，对每个人都有益处。儿子按照规则安静地游着，他并不能完全理解比赛是怎么一回事，但即便是没有清楚的概念，身体也会自由地游动，动作在理解之前，这就如同当我们听到一句话时，声音先进入耳朵，随后才是意义。在这场比赛中，菲利普就如同一位没有导演指导，却一直遵守着规则的演员。每当比赛结束，菲利普总会欢呼庆祝，即便他是最后一名，他也会认为自己是冠军。最初几次，父亲耐心地向他解释："儿子，你是第四名，有六条泳道，看到没？只有第一名才是冠军。"但随着解释，父亲逐渐觉得多说也没有用，如果他的儿子还不能从一数到十（其实孩子还不能清楚地数到五，他只会重复自己背下来的东西，有时顺序是对的），那"第四"对他来说又有什么意义呢？这只是一场游戏，更准确地说，只是表演一场游戏，他的儿子只需要按照期待从一边游到另一边，就已经值得获得一块金牌。不该是这样吗？若这荒谬的逻辑能渗透到菲利普的大脑中，他肯定会问"我从一边游到了另一边，为什么不能获得金牌？"体育馆里气氛很激烈，每个人似乎都找到了自己该做的事，扩音器里不停传出参赛选手的名字。"比赛不错吧，儿子。"菲利普笑着说："看啊，看啊，我是冠军。"他举起手臂，展示肌肉给父亲看，水滴从他身上滑下来，他就像是刚参加了摔角比赛，"我很强壮！"比赛后的一天，若没人提醒他，他不会记起有关比赛的任何事情。他只会一如既往地盯着动画片看，或是忙碌地搭积木，偶尔说些没有意义的话。

幸福，男人一直惧怕这个词汇。若你认真对待这个词，它显得过于高傲；若你随便使用，它就失去了价值，只能作为电视广告词或被印在日历上。快乐是他的动力，他很容易感到快乐，以至于他常说儿子不是傻瓜，他自己才是，他有能力却做不好事情。为了持续快乐，学会逃避现实是必不可少的，否则大家早就愁死了。儿子上正常托儿所为他带来的"一切正常"假象持续了几年。菲利普和同龄人和平相处，其他孩子都能理解他，或者至少能接受他进入正常世界，每天和大家做同样的事情。这已经很好地回应了父亲的期待。然而在孩子快到八岁的时候，托儿所开始暗暗对他们施加压力，他和妻子被叫去谈过几次话，他尽力去忽视负责人那些含沙射影的话，妻子却听得很明白，开始为孩子考虑其他可能性，他这个做父亲的拒绝去思考这些。

幻想中的正常日子到头了，他的假期结束了，只是他自己还不知道。当听到女所长用严肃的语气说"我需要和你当面谈一谈"的时候，他完全不知道对方想谈什么。女所长话里有话，多次暗示，但他就是不明白。她不愿把话挑明，不想说得那么直白，那样也许会很不礼貌（也许她怕会因此吃官司），她多希望孩子父亲能听出话里的意思，不再让孩子去托儿所，但他就是不明白，女所长不得不把话说开。

先是闪烁其词："他现在不太跟得上进度……孩子们开始进入新阶段，学习读写……是，当然了，他很好，但是你看其他孩子……你也知道他太好动……当然、当然，过去这几年一切都很好，但他需要专业人士来教育，我们提供不了……他……"女所长很难直视孩子的父亲，也许她自己也很矛盾，也许她在想：我们需要一个更美好的世界，但我个人能力有限。我很希望在我的托儿所里创造一个人人平等的空间，但我也有各种限制需要去遵守，否则我会疯的。那孩子应该接受私人教育。也许那句能让孩子父亲瞬间爆发、忘却一切文明的话就在女所长嘴边：到目前为止我们已经为照顾他做出了不少努力，不要不知感激！然而她并没有这样说，她面带微笑说："我已经和你妻子说过这事了，有很多很好的特殊学校可选。"他不是个不懂感激的人，只是比较粗鲁，他拒绝感激她。现在是他不能直视女所长了。他必须领着儿子到铁丝网的另一边，儿子从四岁到七岁这几年所待的地方并不属于他。走开，入侵者！"人类社会的界限是很清晰的。"他在心里扩大自己的难过。这是对他的一次袭击，虽然只是精神上的。

"扮演受害者的角色。你以为你会骂她一句'婊子！'，但你并没有那样做。听好，你并不是受害者。你本有很多

189

机会去想明白她的意图，你只是没有去想，非要等到最后一刻听她说出那些你不想听的话。都是因为她这种讲话方式！我生气是因为她讲话的方式！"

他开始放任自己天马行空的思绪：宗教团体活动是中世纪的奇迹，每个人都抛开日常生活中的恐惧，交流他们获得的启发。若他和孩子退回到那个时代，他会听见他们说："我们是平等的，大家都是信仰弥赛亚教义的人，把你儿子留下来，我们要向他学习。"他又幻想他们身处战争年代，当一切都被摧毁，生存成了最迫切的问题，没人会去在意人和人之间的界限，人们会友善地说："来，把手给我们。"他反驳自己：但在战争时期，还是有敌我之分的。父亲带儿子离开了托儿所。在回家的路上，他想：我不是过于理智，只是一直在逃避问题而已。我贪图安逸，把一切问题都推开不去解决。我这只是在效仿巴西这个国家的整体风格，这是不可避免的。别人有什么义务去照顾我儿子呢？他突然想到政府，想起那位参选议员的朋友，想着对方大概已记不得他们家的小利维坦①。政府应该负责。

　　走到街角，孩子想吃爆米花，父亲拒绝了，拉着孩子走得很快，孩子顺从地跟着他。就快到午饭时间了，他继续想政府，政府是个抽象怪物，他的儿子之所以能够存活都是因为政府，要是退回到部落时代，孩子不出三天就得死，这正是父亲曾经所期待的，现在看来却遥远得如同上辈子的事。另一个拐角有位和菲利普差不多年龄的黑人小男孩，他光着上身，向他们讨要零钱。菲利普笑着伸出手，向那孩子问好。这次倒是没把对方吓跑。小男孩好奇地看着长得有点像中国人且一直冲他微笑的孩子。父亲给了小男孩一枚硬币（为了不让他沾满土的手碰到儿子的手），孩子很高兴地收下了。

　　"谢谢叔叔！"他说完立刻转身把钱交给一个成年人，那人一直在不远处看着，掌控着乞讨的孩子。

　　"政府做事是有选择性的。"他想。站在他的立场，"不喜欢政府"让一切变得更轻松。他确实不知感激，毕竟政

① 《圣经》中的一种怪物，形象原型可能来自鲸和鳄鱼。

191

府试图尽其所能让他不受那些孩子的影响，但在前进的过程中，讽刺意味消失了。面对着稳定生活的又一次改变，他需要再次思考儿子的问题。"也许我没有尽全力。"他自责。也许他们（现在算上他妻子了）过早地放弃了刺激治疗——他们只坚持了两年。也许他们之前做得不够好。也许（再次回到他自己）他太专注于工作，不安于自己的作品而忽略了儿子。他确实如此。若是家里发生火灾，他必须在儿子和他的手稿之间做出选择，他会怎么选呢？这简直就是"苏菲的抉择"。他在脑中自娱自乐，只要不去思考儿子的问题，怎样都好。"我不会被文学摧毁，也不会被我儿子摧毁。我有个局限：我只能去做我能力所及且知道该如何做的事情，我会尽全力。"他下意识地抱起孩子，菲利普放松地靠在父亲身上，双手搂住父亲的脖子。父子俩迈上家门口的台阶。

作家第一次意识到他在情感上很依赖儿子是在菲利普第一次失踪的时候。他惊慌失措，整个人陷入这场意外的闹剧，没有比那更差劲的感觉。作家经历着与第一次知道儿子患病时相同的恐惧,他觉得自己再也无法从中恢复。他对着镜子中的自己说:"但这次与概率无关。"这次他没有任何借口,应该为孩子的失踪负责。他希望能填补内心不断扩大的洞,用什么都行,但面对这种空洞,我们总是措手不及。绝望对他来说向来不是突然而至的,不会在瞬间崩塌,而是如同在一场精神战役中一发发射出理智的子弹,直至弹尽粮绝,然后孤独便不再是具有魅力的一个想法,而是笼罩心灵的迷雾,心灵再也不能承载任何事物,除了他一直在寻找的"本质":坠入深渊的感觉。(别动,会疼的。)

以上是他在二十年之后平静地回想这次意外之时所作出的描述。在事发那天,一切都显得那么平常,他机械地看了四周一眼——菲利普在哪儿?——马上又继续手边的事,直到再次想起孩子——他刚刚还在这里看电视。公寓不大,不至于找不到孩子在哪里,菲利普也从未藏起来过。父亲像福尔摩斯寻找线索一样把电视附近找了个遍(线索就在那里,他没发现)。电视里正放着日本动画片,父亲对此不感兴趣，他是看着迪士尼动画长大的，但菲利普却酷爱看日本动画，他那患病的大脑竟然能够完全理解动画的情节以及各种人物设定（这些人物有许多周边产品：专辑、杂志、手办、娃娃、录像带、T恤、CD和漫画书），他能够背出他们的名字（父亲听不明白，那些名字原本就很奇怪，再加上孩子的语言能力还不够好），他还会拿着各种玩具小人在客厅沙发上还原动画片段，让它们行走、交谈、战斗、生活，然后一遍一遍地死去。他嘴里喊着战斗的口号，还会为一切场景配音，爆炸、对话（不同角色他会换不同声音）、下命令、回复命令，激烈的斗争以及恐怖的死亡。所有声音和语言都很难让人理解。好像只有妹妹能听懂他的话。小女儿手上做着自己的事，耳朵却始终认真地在听哥哥发出的各种声音。她也经常玩小剧场，假装自己既是演员又是导演，无意识地演绎着她的生活。生活与戏剧是同一种东西，把她那愚钝的哥哥带入了现实。菲利普总是很高兴地接受他要扮演的角色，通常就是他自己。对于偶尔会不耐烦的妹妹，他显得异常有耐心。"你就在这里别动！哥哥，别动！我演你妈妈！对，就这样！很好！"女儿就像父亲一样从不对外人提起菲利普，她在学校从未和别人说起过她奇怪的哥哥。她的这种选择性沉默完全是从父亲那里学来的。"学习"就是这样一个潜移默化的过程——最重要的部分是通过手势、下意识的动作以及整体环境来默默影响，而非靠着充满逻辑与教育意义的各种教诲。

作家发现房门开着，孩子肯定是出去了，敞开的门便是他留下的线索。他肯定自己坐电梯下去了，他知道怎么用电梯。看门人说没见到男孩，也许他正好趁看门人去车库的那两分钟跑了出去。公寓楼比较老旧，外面没有围墙，也没有监视器和安全电网之类的东西，楼前的空间完全开放。从楼门口到最近的道路之间隔着十五米，焦急的父亲就在这段距离中不停地左看右看。他选了一条儿子记得最清楚的通往小镇中心的路边走边找，儿子肯定往那边去了。小小的希望与及逐渐膨胀的恐惧并驾齐驱。"也许我转过这个弯就能看见他了。"父亲应该问问路上的人是否见过孩子，但他觉得丢脸，他为自己和孩子感到羞耻，也许他只是觉得对于一个男人来说，求助于别人是件丢脸的事。有个关于男人和女人的区别的笑话说道：男人从来不求别人帮助。他一直遵循着这句陈词滥调。作为一个路痴，这位父亲宁愿在不熟悉的街区开上十圈，也不愿找人询问正确的路怎么走。但现在不是找不到路，是找不到儿子啊。他必须找到合适的词汇去解释，毕竟别人不知道他儿子的情况。也许他可以问"你见到过我的儿子吗？他有点问题。"或者"他有点笨。"再或者"他智商不够。"这些都不完全符合孩子的情况，也不符合他想为儿子所下的定义。"他是个很温顺的孩子，就是脑子不太灵光。"也许这样说更好。不能说"蒙古症患者"，这词太痛苦，也不能说"唐氏综合征"，在八十年代的当时，很少有人知道这个词。

　　经过一个个接触，父亲始终没有看到儿子的身影，他心里越来越慌，开始问自己：谁会绑架我儿子呢？不久前有个孩子被绑架并最终在某处海岸被杀害，凶手是为完成某个黑魔法仪式。那孩子来自中产家庭，生活很好，有文化，对社会没有任何危害。父亲忙于思考为什么这样可怕的事情会发生，甚至暂时忘记了自己的儿子。"上帝似乎并不适用于每一个场合，然而魔鬼却存在于我们生活的每一个角落。"他逃到自己的想象中（这就是为什么那个孩子会被杀掉吧），这想法让他浑身起鸡皮疙瘩。"忘掉恶魔，专注于现在，这一刻，时间逐渐过去了，继续想你的儿子吧。"他庆幸那是一个平静的周日早晨，感谢上帝，孩子被车撞到的可能性比平日小很多。唐氏综合征使菲利普视野范围狭窄，他自己过马路会有问题。他还缺乏自理能力，每次上完厕所都要叫妈妈给他擦屁股，母亲无限耐心地教他该如何去做，总有一天他要能够自理，目前他仍在练习中。凡是需要排泄的生物，都会按照一定的频率完成这一项日常任务。对于我们这些拥有新世界的智慧、等级为 A+ 的人来说，这很简单。

父亲加快了脚步，没过一会儿就跑了起来。街上几乎没有人。他的儿子可能在任何地方。他也许从成千上万开着的楼门中选择了一扇走进去，爬楼梯或是进电梯。如果有人发现他，也不会知道该怎么做，他自己也不会解释他是谁。"连他父亲都不知道该如何描述他。"作家试图在文字游戏中逃避。他走到常和儿子一起去买杂志的报亭询问，那里的人已经认识他们，不需多作解释。没人看见菲利普。他留下电话号码，"如果他出现了，就给我打电话，拜托了。"他找过家附近，找过大街小巷，没有结果。

除了性情温驯、性格倔强之外，他的儿子还有其他天赋吗？"一样也没有。"他总结道。所有为教儿子读写所付出的努力都打了水漂。也许还太早，他才九岁。他不能把一个词的发音和它的书写对应上（这很难），也很难把概念、想法和书写对应上（只是相对发音来说简单一些，他读出的第一个词是"可口可乐"）。"也许问题并不在于智力有限。"父亲有些无精打采，整个人陷入由恐慌引致的神经麻痹（这该死的孩子到底跑到哪儿去了？），"而是他的语言能力不足，使得'识字'变得没有意义。他不懂句法，不知道动词要按照时态变形，也不知道名词单复数及阴阳性会导致句子发生怎样的变化，什么都不知道。

他只会一些单词和零散的短语。够他搭公共汽车用了。然而他还没有成熟到能独自搭乘公共汽车。他活在一个我不能理解的世界里。他看到这个蓝色路牌会有什么反应？"父亲又回到家附近的街角。"法伊午利博士路，这对他来说意味着什么？没有意义。也许菲利普会认为这是动画片里的某条路。他会举着手大声喊'路在这边！'，然后重复几句《宠物小精灵》里的台词，就像一个动画人物，而非真实的人。"

恐慌继续增加，他需要报警。"我一个人解决不了问题。"他幻想着警察开始各种搜索，他儿子上了报纸头版头条、电视、杂志以及城市内的平面广告。所有人的心都为他牵动。父亲感觉脊背发凉，他完全失去了自由。甚至会有人说：失去孩子对于一个父亲来说就是时间的终结。当然前提是孩子找不回来了。他向家的方向走去，身上有跑出的汗，也有因害怕而出的冷汗。时间一分一秒地过去，他对儿子的失踪越来越有实感。他需要让心去适应这个新情况——孩子不在。天赋，对了，他儿子会画画，他终于想起这一点，感觉自己得到了救赎。看吧，我儿子有天赋的，他会画画。他有只属于他的原创笔触，只是他还不懂什么叫"著作权"，那是近五百年来所有艺术的首要骄傲。对于菲利普来说，这个世界不存在任何阶层，形式上或价值观上都不存在，一切都是只存在于瞬间的物质材料。父亲无精打采地回到家里。"一切未曾发生的，本就不会发生。这世界上的事就是这样的。""接受现实吧。"他把这句话重复了几遍，想看看是否会消减它的意义。他接受了。

　　菲利普从正常学校转到特殊学校对他父亲来说是一次打击。女负责人让父亲把孩子带回去，说孩子需要具有专业经验的人来帮助，而他们不具备条件。对于父亲来说，把菲利普送到特殊学校就相当于把他之前在里约那家诊所里看到的恐怖场景搬进他的生活。那是他第一次知道了自己以后的人生绝不会是"正常"的。孩子也感到了不适应，到新学校的最初几个月，他很安静地把自己孤立起来。在其他同学之间，他找不到自己的位置。他在很长一段时间内都不知道该如何与新同学们相处，他们各种各样奇怪的情形和他自己有点相似却又完全不同于他以前的那些同学们。

父亲逐渐发现每个特殊孩子之间存在着很大的差异，普通孩子之间则没有那么明显的差别。特殊孩子们接受了过多的刺激治疗（"不"这个词他们听了成千上万遍，超过任何一个正常人），每个人的神经接收情况存在着千差万别，而且他们身边没有正常的参照，这一切导致他们每人都有一份特殊的孤独，无法攻克，偶尔会演变为无声的暴力举动。作家对"正常"的渴望似乎转移到了儿子身上，毕竟有衡量标准的是父亲，孩子自己并没有。就好像他的大脑里不存在任何"尺度"，他也没有足够的头脑去创造出"衡量标准"，这太荒谬了。

对于菲利普来说，也许让他融入到那些特殊孩子们中间确实令他难以忍受。那些孩子们基本不会说话，肢体活动不协调，走起路来就像是身体拖着两条腿滑动。他们总张着嘴，无缘无故的喊叫，无法克服病症带来的一些强迫行为。也许菲利普无法把他们看做是自己的同学，无法认同这个集体是他的部落。他仿佛是继承了父亲的对抗整个世界的叛逆情绪，每个呼吸都复制着父亲的感情。当然，他在其他孩子身上看到的令人不悦的问题，他自己也有。在这个特殊学校，菲利普终于在属于他的世界看清了他自己，这让他难受。不愿承认他人与自己的相似之处就像不敢照镜子。作家认为应该把这些特殊的孩子们按照他们之间的相似程度分成不同的班级，特殊学校也一直在试图这样做，但分好的小组通常不能完全达到分类标准的要求。最初几个月的孤立逐渐缓解，在先进的教育设施以及优秀教师的帮助下，菲利普开始画更多的画且笔触变得专业起来。

学校都有自己的规矩。作家回想起他还是孩子的时候曾十分向往英国的一所学校，在那里学生可以随心所欲地做他们想做的事，简直就是青少年的天堂。他记得那本名为《夏山学校》的书是他从书店里偷来的，他用了两天时间废寝忘食地读完了，就像卢梭一样重新发现了自然与自由的乐趣。"为什么我没能接受那样的自由教育？"在十六岁的年龄，这位困惑的少年试图自己制定出一些自由的教育原则，他点了一根烟，吸了一口，吐出白烟，模仿着在生活中以及电影里看到的成年人的样子。他发明了两条青春原则：第一，自由是绝对价值。第二，罪恶是病，而不是一种选择。这两条原则并不新鲜，不过是接受了那个时代能够提供的最有价值的理念（确实不错）。几年后，他开始通过文学来逃避所有的抽象的原则。重要的是关注"当下"与"所在之处"，它们形成一张复杂的网将我们笼罩起来，只有时刻关注它们，才能活得有所不同。

作家的"当下"与"所在之处"是：没有找到儿子，独自回家。他曾经从孩子出现那一刻起就希望孩子能死掉，如今却因为孩子不在而感觉自己快要死了。

必须找警察帮忙。附近没人看到孩子。他觉得他首先要做的是查询各警局的电话。每当他不得不为了别人而从自己的壳里出来时，他脑中便会有一部幻想的电影，他不知道自己是演员还是导演，又或只是一个不能说话的提线木偶。他打了几通电话，但都没人接（周日的早晨），他想也许是自己拨错了号码，他越来越生气。错综复杂的情绪在他面前堆积成山，作家觉得自己必须做点什么。最终他找了个就在附近的地址（类似少年管理所之类的地方，名字很长），决定开车过去一趟。他很高兴自己找到了能做的事，他要去寻求帮助，让别人帮他指出正确的方向。

他对警察有种抵触情绪，正是这种情绪在搅扰着他。

他不愿迈入现实世界，进入那个他一直假装并不存在的平行国度。现实世界对他来说不过是报纸新闻、各种数据以及随着时代而更替的道德准则。警察是总想把人们控制在法律范围之内。当他看警匪片的时候，甚至幻想过自己成为一名警察。他会周期性地幻想自己有份和现在完全不同的工作。"我会喜欢这个工作吗？"他问自己。他想象着当朋友们看到他身穿制服、头戴警帽、手持警徽时，一定会说："现在你才真正地进入了体制！在大学教书只是开胃菜！"他可以成为一名警察，他笑了笑，不在街上巡逻，而是在办公室里整理数据或者制订打击犯罪的计划。我们需要分派一些警力到这个街区，那里的自杀率比其他地方高出57.2%，"上吧！同志们！"然而当他把警匪片关掉，想象开始变得模糊，他不再能够区分正确与错误——警察与犯罪、犯罪与警察，似乎成了同一件事——因为巴西的历史并没能解决这些问题，军政独裁统治更是让一切乱成一锅粥。当政府开始堂而皇之的犯罪，人民便迷失了方向。现在政府打开了经济大门，搬出众多经济政策，但没有一样真正惠及人民，教他们区分对与错。人民靠自己的智慧也没能解决问题。即便是他，一个接受了高等教育的人，也经常会搞不清哪些事该做，哪些不应该。不过他总能为自己的所作所为找到很合适的理由，若有人问起，他能给出恰当的回答，但他选择像其他所有人一些样保持沉默。无可奉告，他记起一位司法部长的口头禅："无可奉告[1]。"我们没什么可说的。去他的吧！我的人生由我自己来关心。

作家开车达到记下的地点，发现那个机构关着门。一定是哪里出了问题，他意识到整个机构已经关门停止运营了。他看到房屋的窗子已经破碎，墙上还有涂鸦，一个乞丐睡在附近。"我为什么没先打个电话？"空荡的停车场里停着一辆没有轮胎的破旧汽车。在这个周日的早上所发生的一切都很奇怪，作家被自己的无能为力所刺痛。他觉得自己仿佛正在扮演卡夫卡笔下的人物。"你不想找到你

---

[1] 曾长期担任巴西司法部长的阿尔曼多·法冈在面对记者提问时常用的回答，特别是在政府颁布一些备受争议的政策之后。

的儿子吗？"舞台导演问。他记起在戏剧团时所做过的斯坦尼斯拉夫斯基①式练习——真实场景与虚构场景：一位女演员正在表演寻找一根针，她在台上极富戏剧性地叫喊着。导演说："好，如果你没能真正找到那根针，就会被开除。"她开始十分安静地寻找，一厘米一厘米地摸索，夸张的戏剧性被抑制了，但表演变得真实，所有人都很满意。"真情实感，"他想，"需要有广阔的世界观才能去相信真情实感。我一直都走错了方向。"

　　作家呆坐在空荡的停车场里，回想起他这辈子唯一一次面对警察的经历，那是 1972 年，在圣保罗的维拉马里亚纳区。那时他在戏剧团里做司机，开着一辆双化油器配置的旅行车把演员和道具送到各个地方，每到一处，演员们都会分别住在亲朋好友家里。一天晚上，他把三个男演员和两个女演员送回他们借住的地方——一栋老房子的地下室。房了主人（当时外出不在家）和他是朋友，住在房

---

① 康斯坦丁·斯坦尼斯拉夫斯基（1863—1938），原名阿列克塞耶夫，是俄国著名戏剧和表演理论家。代表作有《演员的自我修养》。

后的一栋小别墅里。房主把老房子租给一对夫妇，他们已在那里住了几十年。演员们邀请他进屋喝杯咖啡。他们这个群体有着七十年代青年的典型特征：长发，凉拖，胡子，吉他，背包，大麻，喇叭裤，爱与和平。大家笑着走到房子边上，找到了通往地下室的入口，那是独立于房子的一扇门，但是上了锁。这是为什么？大家往回走，发现黑暗中有个人影从院子大门处快速跑进房子。大家都很纳闷，作家（当时的司机）看到房子里的灯亮了，他走过去敲了敲门，片刻沉默后，没人来开门，只有一个女人的声音喊道："我丈夫已经报警了！快走开！"

更糟糕的是，他发现院子大门被锁上了，是他们进来之后才被锁上的，应该就是他们看到的那个人影。他们相当于被困入笼中。他知道房东与那对租房的夫妻之间一直有矛盾，他才想起这件事，也许房东同意那些吸大麻的演员们借住于此并不是因为相信他们能够安安静静地住四天，反而是想借他们为那对夫妇造成困扰。"我需要去打个电话。"他喊了一声，紧接着爬上院门，试图翻出去。

就在他的脚落到院外的那一瞬间，他听到了警车的声音。一位警官正朝他走来，嘴里喊着什么，手上的枪对准了他。就像在电影里看到的那样，他举起双手，马上开始解释，但没人听他的话。警察逮捕了他，推搡着他进入运送犯人的车，关上了车门。车里一片漆黑，他试图站直却撞到了头，疼痛很强烈。他这个唯一能把情况解释清楚的人被关进了车里。演员们和警察在路边争吵，谢天谢地他们好像在解释着什么。他在车里放声大喊，尝试继续解释情况。突然，车门开了，进来一位演员，然后又一位，接着另一位……他只听到警察重复说道："有什么话到局里再说！"他为两位女演员感到担心，但她们并没有被扔进漆黑的车厢，而是坐在车里正常的位置。他小声对身边的几位男演员问出了最担心的一个问题："你们的大麻还在包里吗？"他们已经扔掉了。他放心了，舒了口气，在黑暗中闭上眼睛，心里想着：我们可以解释清楚的。我们是演员，不是罪犯。

作家望着空荡的停车场，恐惧再次向他袭来。如果那次的事发生在如今，他肯定在翻过院门的时候就被枪射下来了，根本来不及张口解释——他一如往常地在脑海中夸张想象事情的发展——而且所有人都会觉得警察冲他开枪是天经地义的。他为什么要从院门跳出去呢？真像个笨贼。现在从门里出去的是他儿子：一个笨小孩。他回到家，和妻子继续找，两个人的神经都已经麻痹了。最终他们打通了某个警局的电话，对方用礼貌却冰冷的声音说："请先等上二十四小时。"还说了一些法律规定，父亲完全没有听进去。他在抵触现实——我儿子失踪？这不可能啊，没有意义啊！他一定没有失踪。

作家又回到街上寻找，妻子则在楼内挨家挨户询问（没准孩子一直在楼里，会不会是去了别人家呢？）。正当夫妻俩竭尽全力寻找孩子的时候，一通奇迹般的电话结束了这场闹剧。两位警察在附近大学的停车场发现了菲利普，他坐在一辆敞篷吉普里自言自语，手握着方向盘假装在开车。两人察觉到孩子有问题，又发现周围没有监护人看管他。他们刚要报警，作家的一位邻居正好经过，认出了孩子，于是给了两人菲利普家的地址，又打了电话通知了孩子父亲。父亲之前从那里经过了两次，但都没想到进停车场查看，也许是（又夸张了）怕遇见他认识的学生或老师，那样他就不得不把一切都说清楚。

把一切说清楚：在维拉马里亚纳区的警察局，他和其他演员们被带到警长办公室。那其实是很大的一个房间，里面到处是乞丐、流氓、无赖，偶尔发出喊叫声，还有一些无聊的公职人员。这些人对他来说都是平行世界里的人，他从未如此近距离地和他们接触过。在1972年，巴西这个国家还没有意识到它自身的某些罪行。他想显得重要一些，以此来增加斗志——他读过尼采，上过高中，知道如何修表，以后肯定会成为作家；从他的言谈举止，漂亮的头发，与德国人、波兰人或意大利人相似的面孔以及厚厚的眼镜就能看出他是要活在上层社会的人；他对生活有着文学式的理解，做着人文主义的梦，与文字打交道。这样的人可不常见。面对着警长，他点上一根烟，姿势模仿了某位演员。他现在就像《三毛钱歌剧》里面的丐帮头子一样，也算是一个小犯罪团伙的领导人了。他团伙的成员为：一个黑人，一个留长发的男人，一个黑人与印度人的混血以及两位穿着不修边幅的女人。大家都很瘦，生活比较拮据，在演艺道路上挣扎，想获得别人的尊敬与重视，他们努力把脚伸进人文主义的门缝，试图钻进门内。他没时间继续分析小组成员了，警长走到他面前，伸手拍掉他手里的烟卷。

"这里禁止吸烟！"警长问带他们进去的警卫："这些人都是谁？"

"刚才接到非法入侵民宅的举报，这些是嫌疑人。"

附近某位衣衫褴褛的乞丐指着演员之中发型很像耶稣的男人，笑着用沙哑的声音喊道："快看那家伙的头发！"

一位西装革履的男士出现了，他就是老房子的住户，是他报的警。

"他们入侵了我家，我锁上地下室的门是为了保障安全。"

"你是房主吗？"警长问道。

"我是。"那人说了谎。

拥有三十年工作经验的警长气愤地看着面前的小团体，都还是孩子，他用了点时间思索着疯狂的小青年与抢劫杀人犯之间的微妙区别。他也许想过他们这群人里是否有大人物家的少爷或小姐。突然，他做出了决定，注意力已经转移到其他案件。

"他们可以离开你的房子，找别的地方住。"

他起身朝某个警员做了个手势（把他们送回去吧！），然后又坐下。

未来的作家并不满意这个结局，他看到警长桌子上有一份《圣保罗报》，感觉自己得到了救赎。

"我们是演员，不是无赖。"他激动地说，"我们最近三天都在保罗·艾伊洛剧院表演戏剧，导演是W.里奥阿帕。你看这里。"他用手颤抖地打开报纸，翻到文化版，把隐蔽在角落里的那篇文章拿给警长看，然后将矛头指向租房的男人，"真正的房主把地下室借给我们用，他们已经住了两天了，为什么他今天才意识到

213

我们'入侵'了？"他发现细节的地方不太容易解释。
警长快速掂量了那篇文章的重要性（基本为零），然后
愤怒地看着他，像是在说：这孩子想干什么？我都已经
放他们走了啊！

"你有什么文件能证明是房主把地下室借给你们
的吗？"

沉默。警长转向警员，用手做着与之前同样的动作。

"把这群人带走，让他们把地下室腾出来。快走吧，
我还有更重要的事要处理。"

未来的作家想效仿所罗门的判决，把案件递交到比警
长更高一级的人手中，但警员没有给他机会，轻轻把他们
拉走了。这位大块头警员意外的十分友好，带他们出去的
感觉就像是带朋友闲逛或去喝酒。他低声说："走吧，孩
子们，趁警长还没爆发之前。现在你们都可以坐在车前面
了，大家随意。"

他们和大块头警员坐上一辆车。警员转头对演员中的
黑人说："告诉我，老黑（这词并不表歧视。他的意思是：

我叫你老黑，你也可以叫我白鬼，这只是个称呼，对我来说所有巴西人都是平等的。）……告诉我，你们肯定偶尔会吸大麻吧？我了解你们这些当演员的。"他笑容里有着理解。"有一次我们抓到一位电视明星，老天爷，"警员转动方向盘，警车在维拉马里亚纳区漆黑的街道上行驶着，而他则像是和别人在酒吧聊天一样，"你们真应该看看我们从他身上搜出了多少大麻！"

"我们都是正经人，不碰大麻，"略显犹豫的回答声从后方传出，话说出口自己都不信。对于牢狱之灾的恐惧正渐渐消缓，只是身体还觉得有些紧张。未来的作家思考着这一群人要怎么办，在圣保罗，深夜，一群疯子。他笑了笑，"让他们在城市中四处流窜吧。"

"你们还算是走运的。"警员降低车速指着街边一栋建筑让他们看，那是远近闻名的 DOI-CODI（武装行动队—国防行动中心），又一个平行于国家的机构，"即便是将军的儿子进到里面也得吃不了兜着走，他们打起犯人来可狠了。"

215

他们把放在地下室的东西都搬进了旅行车：背包、运动服、枕头、毯子还有吉他。未来的作家给戏剧团的老师打电话，最后在对方的建议下决定把所有人都带到自己租住的小房子，暂时让大家借住一下。路边一位矮个子配枪警察看到他们在搬家，当看到两个女孩拿着枕头从地下室走出来时，他惊讶地向其中一位道出合理的担忧：你妈妈同意你参加戏剧团吗？

　　十五年过后，作家焦急地下楼，走到路边等着警察把菲利普送回来。警车停住，菲利普满脸笑容的从车里出来，他很高兴自己坐上了真正的（他学会了说这个词）警车，当然原因是他失踪了。他手持黄色的塑料剑，身披蝙蝠侠的黑斗篷，上身穿着超人T恤，下身紫色短裤，脚上一双凉鞋——一个快乐的稻草人。菲利普用剑指着警车车顶的灯。

　　"看啊！"他叫了父亲的名字，"看！真正的光！"

　　一丝疑虑从一位警察的眼睛里闪过。

　　"您确实是孩子的父亲吗？"

孩子从没叫过他"爸爸",以后也不会,一直都直接喊他的名字。在那荒唐的瞬间,作家觉得他似乎需要向警察证明自己是谁。他是好人,不是专门等失踪儿童上门的罪犯。就在同一时间,妻子跑过去抱住孩子:"儿子啊,你不能就这样自己跑出去,警察会抓你的!"作家赶忙开口修正妻子的话:"是警察叔叔把你找回来的,菲利普。"他继续上演和儿子之间的卡通小剧场:"你被正义的力量拯救了,是吧?"

孩子加入进来,挥动手中的剑,嘴里喊着从日本动画里学来的台词。他们需要让孩子理解到底发生了什么,并第一千次告诉他不可以不跟父母说一声就一个人跑出去,但现在并不是一个好时机,现在他们需要证明孩子真的是他们的。其实也不需要去证明,重聚的氛围已经不言自明,而且孩子在母亲拥抱他时叫出了那个神奇的词汇:"妈妈"。两位警察向父亲讲明他们发现孩子的经过。父亲十分感激他们,他从钱包里掏出一些钱递给两位警察,"这个,"他不好意思去直视他们,"这是我的一点心意,感谢你们

217

所做的一切。"一位警察说："都是我们该做的，您不需要给我们钱。"但作家依旧坚持，"这是我唯一能做的，我们都已经绝望了。"两位警察互相看了一眼，像是为是否要收钱而召开紧急会议，最终他们把钱收下了。临走前，他们记下了一些细节，比如人名之类的信息，为之后写报告用。

一家人准备上楼的时候，作家感觉心像被刺了一下。"若有学生因为觉得你讲课讲得好而要给你钱，你会作何感想？你明白你刚才给人家钱可能产生的影响吗？你和人家有什么不一样吗？每个人都不一样（他试图和自己争论）。没有什么是绝对的，人的各种行为不以数量来计算差别，质量才是最重要的。"作家站在电梯前，忘记按下按钮。"那两位警官也就二十五六岁。你刚刚为他们打开了受贿的大门。若多年后，他们搞腐败，向你要钱，那时候你可别抱怨。这是一种文化。腐败和你喜欢的尼采都是文化。这里是巴西，不是瑞典，也永远不会变成瑞典那种低腐败的国家。不管腐败与否，他们找到了我儿子。对，这是真的，但你有种病，（他按下按钮打开电梯门），你有'负罪情结'，这源自你沉重的灵魂。"他幻想着生活并没有被"负罪情结"的重量压垮，然后为自己的幽默笑了笑。电梯门关上，开始上行。

几年过去了。

作家感觉到进入了生活的又一个囚笼，时间似乎总是从同一处通过。人们在人生的某一阶段会进入平静、安稳的生活状态，当然前提是要有运气。每天例行的日常事务使生活变得千篇一律，但这正是我们想要的安稳。除了每天做着相同的事，还有另一个原因让他感到每天都是在重复前一天：有一个不曾长大的儿子。菲利普的智商和以前一样，没有任何成长，然而不只如此，诡计多端的致病基因使他的身体发育十分缓慢。他就如同永远也长不大的彼得·潘，今天和昨天一样，明天也不会有任何改变。他无法理解"时间"是什么，"过去"与"未来"的概念从未能在他大脑中生根。他就像活在一个永远在重复的梦中。从每个清晨开始，一切都在重复，而他自己则浑然不觉。一周的七天（父母尝试向他解释了成百上千次）对他来说是无法理解的混乱，无法吸收进头脑。对于菲利普而言，周日和周三、周六和周四、周五或每一个日子有一个共同点：每天早上，世界开始与昨天同样的循环。父母耐心教他在每天结束的时候在日历上画个×表示一天该做的事做完了，但这毫无用处，他可能在一天中的任意时刻往日历上画×，庆祝他完成了任务，或者一直在上面画彩色方块，直到听见"别画了！"才会把注意力从日历上移开，害怕自己犯了错。他无视时间，因为他无法理解。菲利普无视一切他无法理解的事物。这些事物围绕着他，他不去注意，很快便遗忘，从脑海中清除或者把对他不能理解的这些转化为某些姿态——比如在听不懂别人讲的笑话时模仿其他人的样子笑着点头。这个"小大人"的诙谐模仿能神奇地感染着每一个人。时间流过，新一个月的日历挂上了墙，伴随着更加详细的解释：今天是星期三，你要去上游泳课。你收拾好背包了吗？他总是很小心很认真地收拾自己的背包，进度十分缓慢，但收拾好了之后他会很自豪地说："快看！"每当他叠好被子时，也同样会做出胜利的手势，像冠军一样。

一家人居住的公寓是菲利普的生活领域，他只在必须出门完成计划好的活动时才会离开那里，比如去学校、游泳课、散步以及音乐课，偶尔他会不太情愿。他永远不会拥有独自出门的能力，如果有系统化的训练（那时还没有），他应该可以做到。然而外面的世界已变得太过恐怖。他第一次失踪便是很好的例子。那之后他又失踪过一次，那时一家人在海滩度周末，他沿着海岸线走到了另一片沙滩，步伐矫健得如同运动员。家人发现他失踪后再次陷入绝望。两个小时后他被警车送回了父母身边。这一次，懊悔的父亲没有再为任何人开启"受贿的大门"，他给警员们的上司发了封传真，用丰富的词句点名表扬了那几位警员。有些患唐氏综合征的孩子学会了如何自理并且做得很好，但菲利普一直没能做到。比如去街角买报纸这种小事，需要被分成几个步骤来进行练习：走到报亭、买报纸、等着找钱、回家。每一步都有一定的时间限制，菲利普一直掌握不好时间。除了自理问题，他还需要学会面对这个并非为他准备而准备的世界，有时这个世界会很残忍。有一次，附近的孩子们搞恶作剧，就像城里孩子欺负农村孩子所用的把戏一样，他们把菲利普推进电梯，按了最高层的按钮，关了灯，然后关上了电梯门，把菲利普一个人留在黑漆漆的电梯里。对黑暗的恐惧（可能来源于早期的暗室刺激治疗）瞬间侵袭了可怜的菲利普。

音乐课。有段时间，他们测试了菲利普的音乐能力，有传言说唐氏综合征的孩子对音乐有特别感应。父亲想到有说法称为了补偿患病导致的各种缺失，唐氏综合征患者都被赋予了某些神奇的能力（就像在中世纪，人们相信疯子有特殊能力），他们能发现、感受及体会到其他人无法意识到的东西。这是真的，或者说其实每个人对生活的感知都有和别人不一样的地方，无论好坏，每个人的存在都是独一无二的。明白这点才能更好地面对"不同"。作家曾听一位陌生人说像他儿子这种孩子其实非常聪慧，能感知到一般人无法感知的事情。那人压低声音，仿佛自己一语道破了天机。还有一位朋友曾经告诉作家：菲利普所拥有的纯粹的情感能够让他对生活以及世界具有更高端的理解。"他的感受就是他的理解。"这想法在作家脑中产生共鸣。这确实是正确的。情感与感受便是那孩子的天赋，或者说是每个人所拥有的天赋，但对于唐氏综合征患儿或所有特殊儿童来说，最纯粹的情感与感受是他们身上唯一没有受到疾病折磨的部分。"是的，对于这些孩子来说，感受便是他们的理解方式，是理解与交流的唯一方式。"父亲想。菲利普拥抱别人的时候，就像是把自己交给了整个世界。他自由地表达着情感，他的拥抱并不只是出于礼貌的一个姿势，而是他内心纯粹情感的体现。

菲利普并没有音乐方面的天赋，音乐对他来说只是在音乐学校里坐在钢琴前，手指模仿着老师的动作，接受名为"音乐"的指令。他看不懂乐谱，也做不到集中精力，幸好老师有足够的耐心。简单的乐谱，协调的手势以及单一的旋律，这些初学者需要面对的基本知识对于菲利普而言就像是一项恐怖且没有尽头的奴役，他感到很痛苦。他的手不听从他的心。琴声仿佛拥有他无法理解的频率，所以他的心听不到。他无法区分声音和手势，只能不停地模仿老师的动作，事实证明，他不适合学习钢琴。他自己也不喜欢，一提到去上钢琴课，他就会恐慌，而且还开始说谎，"我头疼"，小手放在头上，动作太过夸张，"很不舒服"。父母最终放弃了，不让他再去学琴，所有人都轻松了。

菲利普的幽默天赋并没有浪费，而且还在舞台上发挥了用场。他所在的特殊学校有位很有才华又十分耐心的老师。这位老师组织这群特殊学生们表演戏剧，其中一部改编自莎士比亚的《错误的喜剧》，改编成简化版本表演形式是原创的：先让孩子们分别说各自的台词，把这些词句都录下来，整合到一起，然后在表演的时候，播放录音，孩子们在台上只需对口型即可。在进行录音之前，孩子们要反复练习他们的每一句台词，之后录音成为整场表演的背景音，孩子们都表现得很努力，甚有成效。他们之中没有人能够把台词背下来。菲利普自己从来都不会说出由一个从属句与一个并列句组成的复句。在日常生活中，他只会用最简单的主谓结构句型，而且只能按照先主语后谓语的顺序，一变成被动句型就不会说了。

在录音的辅助下，故事情节被完美地讲述出来，表演从头到尾都很有意思，孩子们表演得很认真。他们在台上负责任地完成任务，大家是一个整体，在绳索上一边保持平衡一边默默前进，一次只迈一步，然后看看身边的人是否需要帮助。父亲认为儿子一定不懂这部戏，但这无所谓。孩子正在负责任地完成一项有开端、发展以及结尾的完整任务，他知道自己要做什么而且认真去做了。

孩子越来越能够感受到表演的快乐，他开始有些自恋，很爱表现自己。前几年他一直处在一种以自我为世界中心的状态，经过这些年，他逐渐意识到其他人的存在。自我中心的状态现在已经转化为纯粹的自我表现欲望，父亲试图减缓这种趋势，但不太成功。观众们能够接受演员在舞台上的各种荒谬举动，所以舞台成了菲利普的嘉年华：在谢幕的掌声中，他总想再接着表现自己，他会走到舞台最前面做些滑稽动作来赢取更多掌声，直到有人把他拉走，很像杰瑞·刘易斯[①]的喜剧中的场景，彼得·塞勒斯[②]也有同样戏码，他在《狂欢宴》的第一幕中拒绝死去。

在孩子们表演的另外一部作品中，菲利普扮演一位身材肥胖的歌唱家，穿着正装在舞台效果的烟雾中夸张地假唱。他在家里把这一场景给父母表演了很多次，每天只要谁闲下来有时间，他就会重复地表演给对方看，直到父亲禁止他再重复或是当他发现其他有意思的事物时才会停下来。后来父亲用摄像机拍摄下儿子的一些表演片段，两个人一起一遍一遍地观看，这成了父子俩的娱乐。父亲让菲利普看他自己的表演，看清每一个动作，希望这能带给他一些影响。这是一种修正式的教育，就像是导演指导演员：这个姿势只重复一遍就好，那样更有趣。对于行为的模仿

---

① 杰瑞·刘易斯（1926—　），美国喜剧演员，代表作《肥佬教授》。
② 彼得·塞勒斯（1925—1980），英国最好的喜剧演员之一，代表作《富贵逼人来》。

可以发生在了解其意义之前——菲利普喜欢带着墨镜坐在椅子上像导演一样喊："摄像机准备！开拍！"生活就像是动画片，他在家里尝试表演各种滑稽动作，如果有哪一个把父母逗笑了，他会一直重复下去。他头脑中没有艺术等级之类的概念，没有表演好坏之分，在他看来，小丑把戏与莎士比亚剧作没有任何差异。他就如同一位无意识的时代代言人，世上所有戏剧都在他手中失去了重力。当孩子看着自己表演的影像时，父亲总会想：他能看出什么来呢？他对自己的认知到底有多少？

　　七十年代时，作家所在的戏剧团曾演绎了多部作品。在一部背景设定于中世纪的剧作中，作家扮演一位弑母之后到忏悔神殿进行忏悔的乞丐。他们采用"真实表演"形式，每位演员即兴表演出自己的真情实感，最终由导演将所有人的表演整合起来。这种表演形式融合了很多概念：荣格与弗洛伊德的心理学知识在中世纪基督教不可遏制的"赎罪"狂热中转化为直面羞耻以及全身心投入的戏剧。每一次排练都几乎拥有宗教般的神圣，所有人都如同罪人一般发自内心地为他们的罪恶所忏悔。导演认为全身心投入到表演中并不只是一种情感表达的技能，也不只是自控力的练习，而应该是与心灵的声音融会贯通。"真实情感"的理想境界是：在美学世界与真实世界的边界寻找"情感的真实"以及残酷且无法控制的"现实"。然而这条边界实则模糊不清。"宣泄"是关键词：引用亚里士多德的理论，通过深刻体会生活的悲剧色彩来净化我们的情感，"深刻"也是个关键词。这与布莱希特的理论相悖，实现了表演与现实的零距离，表演不再是对现实的诙谐模仿，不再是某种解读或演绎，而是力求表现本质，每一个动作都悄悄游走在正常与荒谬之间，但"荒谬"在这里并不表示违背社会常理，不入别人的眼，或用时下流行的词来说——不符合"小资"情调。对生活的美化才是荒谬。追求庸俗的事物，如鬼魂一般生活在平行世界里，过着毫无差异的生活，然后乂按照同样的模式去"美化"各自的生活，这才是荒谬。人们倾向于把在文化发展过程中习得的某些行为当做是天性所致，自然且真实，无法抗拒，不由自己选

229

择。宗教便是如此。所有信教者，无论信仰哪个教派，都认为他们的信仰是天性所致，而非文化影响。

当作家看到菲利普在演出谢幕后继续在台上表演滑稽动作时，他想起了戏剧团的那些表演理念，试图去理解儿子的行为。对于菲利普来说，其他人是用来模仿而非与之交流的。他的模仿只限于动作，不涉及感情，因为他具有自然赋予的真实情感，不需模仿别人。菲利普喜欢待在他的幻想剧场中，他用不同的声音和语气扮演不同的人物，动作与手势充满戏剧性。有时父母需要努力将他从那幻想的平行世界中拉出来。父亲有时会抱怨都是因为孩子看了太多电视才导致他没完没了地扮演各种角色自言自语。事实并非如此，他只是想找个理由责怪谁。每个人在儿时都曾经有角色扮演以及与自己对话的经历，在菲利普身上，这种行为一直在持续，就好像他一直停留在同一年龄，对事物的理解能力和语言都没有任何发展。父亲觉得这其实也是一种逃避。比起与其他孩子们接触，菲利普更愿意在他的世界里与幻想的电视人物们交谈。这也许表示他已经不想再被误认为是小孩。

菲利普开始长胡子，数量稀少，他喜欢自己刮胡子，觉得很自豪，虽然每次要用很长时间。他开始多与成年人接触，和父母一起参加他们与朋友的谈话，他学着他们的姿势、动作，像他们一样开怀大笑，实则并不理解他们聊天的内容。对他来说，能感受到自己是成年人群体中的一员才是最重要的。当家里有人来做客，他总会很开心。如果他认识客人，便会模仿人家的经典手势或话语，引大家发笑。若是他不认识的人，他会友好地打招呼："你好。"或者问上一句："你是谁？"他和客人们的对话比较短暂，别人问些简短的问题，他回答出近乎标准的答案，脸上总带着真诚的笑容，谈话结束，他会回到自己的世界——坐在电视或电脑面前看影像。

近二十年来，为了给儿子视听方面的刺激，父亲一直追随着日新月异的科学技术，更新家里的视听设备，从最早那台电视机开始。父亲为儿子做出的努力也在暗暗影响着他自己，他其实一直都没有做好准备过属于成年人的成熟生活。女儿并没有参与进他和儿子之间的相互影响，也许女儿因为有个拒绝成长的父亲而吃了不少苦。多年后，作家想：有理论在手，我们可以将一切描绘清楚，但现实生活不是纸上谈兵，需要去思考更多的问题，但我们却没有那个时间。现在我们都在黑暗中摸索。

他曾思考过如何能让儿子持续接触语言和声音，思索片刻后，他头顶的灯泡亮了：让他看电视！作家自己本是极度厌恶电视的人。八岁那年，他第一次看到电视，那时还只有黑白图像。青年时代，他憎恨电视、肥皂剧以及新闻，认为巴西最具影响的"环球电视网"是国内所有罪恶的源泉，是它使得九千万民众变为愚蠢的机器人，只会重复他们从电视里听到、看到的东西。这样一个憎恨电视的人最终以儿子的需要为借口，愉快地屈服于电视的影响，尽情地投入到迷人的影像世界。一开始只有电视，后来他分期付款两年买了一台录像机，孩子可以一遍又一遍地重复看他喜欢的动画录像，直到看累了为止。作家惊讶于孩子们的执着，他们会把每一个动画都看上无数遍。女儿能把动画里所有故事讲出来，她时常讲给哥哥听，菲利普听着妹妹讲故事，有时会表现得像是在和妹妹玩过家家，妹妹是妈妈，他是儿子。对于所有的孩子来说，模仿是一种动力。

作家这个职业一直没能让他拥有稳定的生活能力，幸好他选择逃到乡间的安宁中，远离国内文坛的纷扰，以此避免落入悲哀的、令人痛苦的庸俗中。他感到有必要控制一下自己对于庸俗的不满情绪，对于作品无人问津的艺术家们来说，这种不满情绪是支持他们继续创作的动力。也许只有他这种搞文学创作的人才会感受到不满，毕竟电视里那些歌星凭一首歌就可以影响上百万人。他责怪自己花了很多年写书，只考虑自身问题，而没有给予孩子们足够的关注，而那些书很多都未曾出版，出版的那些也没卖出去多少。他的书每一本在风格上都有一定差异，但他似乎没能从创作它们的每一次经历中学到些什么，只是不停地在同一个圈里绕行，像他儿子一样，深藏在自己的迷宫里。当他拿起笔，面对空白稿纸时，偶尔他会问：写作对我来说到底是艺术创作还是自我治疗的过程？他一直掩饰着内心过分的骄傲，让自己看起来和其他人一样。他逐渐地觉得自己是在被动地过着设计好的生活，而设计者并不是他。"也许我是受害者，一直活在虚假的生活里，那不是钻石，是玻璃。然而这种生活也并非全无益处。"他惊讶地发现自己居然有了积极肯定的想法。写作与生活是两件不同的事，不应该被混淆，它们需要保持一定的距离。作家很快就明白了这一点。"如果我把自己变为文字书写出来，那真实的我就可以完全消失，不留下任何痕迹。"他为这完美的犯罪笑了，"没人会发现真相。"他逃进了幻想中的避难所。

菲利普生活在一个图像王国中：电视、录像、电影、电脑、卡通，还有和这些一样重要的画作。菲利普那些用彩色铅笔绘制的简单画作开始引人注意。他用一张接一张纸画出一个连续的故事，边画边讲，就像为图解加入旁白。有时是充满戏剧性的对话，有时抒发某种被压抑的情感，还有的时候只是具有冲击力的爆炸场景。这便是将他与世隔绝的小剧场。其实也没有完全隔绝，电视始终在召唤他，他乐于用线条描绘出那个彩色箱子所展现的一切。一张画刚完成一半，他就翻页开始画新的，所以纸总是不够用。

　　父亲仍记得十六岁时曾向老师坦白自己完全不懂绘画这件事。老说对他说绘画知识是基础，若他想要成为作家，最好先去学习绘画。他马上接受了这个建议，先阅读在报亭买到的一些相关出版物，然后是艺术史，最后才拿起了画笔。他买了几幅油画、一些画布和笔刷，开始临摹名画。先是马奈的作品（他犯了个充满稚气的错误：原作用蜡笔，他却用了油料），接着是蒙克，然后是梵高——他开心地用刷子刷出各种粗线条。他摸出一点技巧：用铅笔在画布上分出小格，然后把要模仿的原作也分成格，画的时候尽量保持比例一致，这做起来并不容易。他在戏剧团总部的大门上画了高更的画作，一共四幅，分落于左右两扇门上。画得很糟糕，笔触充满稚气，但他发现了色彩的力量——你只需要按照某种神秘比例把色彩配合起来（原作已做到这一点），就会出现很好的效果，只要别离得太近去看。除了色彩，他对消极、沉重且充满悲伤的画作产生了喜爱，比如蒙克的作品。最吸引他的是恩索尔[①]的画作，那些扭曲的头颅飘散在真实的日常噩梦之中。他

---

① 詹姆斯·恩索尔（1860—1949），比利时画家。他的作品影响了许多后来发展表达主义和超现实主义的画家。

这个每天笑哈哈的人怎么就喜欢上了消极的画呢？每一年他都想要重新拿起画笔，重新模仿名画，但他知道自己大概到死之前也不会再画了。"拜访过去是毫无价值的。"他的一位儿时好友总是这样说。一旦陷入回忆，我们便会贪婪地沉浸其中，无法自拔，最终会因无力面对时间与生活而窒息。一切甜蜜都已是过去："完结"——他看到脑海中的黑板上写着这两个大字。不要再往回看。

现在他看到儿子做着自己以前做过的事：临摹。临摹的不是画作，而是现实。菲利普非常有观察能力，十分注意细节，但对整体和比例没有概念，这反而使他的笔触很有意思。对他来说，世界是平的，一切都在眼前，他看不出事物比例、相对距离或是透视效果。他只会通过最直观的印象去判断事物——已经二十五岁了，他仍然认为细长的杯子能比矮胖的杯子装更多果汁，不知道后者的容积是前者的两倍。把 1 根牙签分散摆开，再把二十根牙签堆在一起，他会认为前者数量多于后者。不过对错都无所谓，只要父亲说他错了，不论事实如何，他都会把手放在额头上说："我又错了！老天爷啊！"或者其他从动画里学到的话，比如《丁丁历险记》里阿道克船长那句"悲惨的老鼠！"每次学说这些话的时候，他自己都会笑出来，然后眼睛已经开始去寻找其他有意思的事情了。父亲觉得儿子把智商都用来理解人际交往的重要性了，他很爱模仿别人。

"画出这些画的孩子是谁呢？"

纸张满天飞。作家认为纸张可比金银，应该充满敬意地小心使用，出于这份喜爱与谨慎，他从未丢掉任何一张还未写满的纸，而是将它们折叠起来放进抽屉，用于以后做笔记。后来他把只用过一面的纸给儿子，让他在背面画画，这些纸上有他未出版的小说片段。结果有一天，妻子被学校老师叫去谈话。菲利普送了同学一张画，背面是父亲的小说《临时探险》的片段，都是脏话，还有性描写。从那之后，作家每次都很小心地查看内容之后才把纸给儿子用，不是为怕儿子看到不该看的内容，他也看不懂，为了防止别人看。"也许正是因为这件事，我才再也没写过那些场景。"父亲打趣的想，表情近乎严肃。以前有人对他说过："书太好了！太有意思了！但是那些粗话……真遗憾……毁了一切！"

性。很多年前，作家与一位朋友一起喝咖啡，朋友突然说："抱歉我这样问你，对菲利普来说性这个问题……"菲利普那时也就四五岁，作家还没有考虑过这件事，但从那天起，他开始考虑这个问题。在名为"正常"的赛马中，这也许是最难越过的一个障碍。时间流逝，"性"并没有直接发生在菲利普身上，但对他模仿社会生活确实有一定影响。在特殊学校多年的学习让他懂得了社会生活的规律与准则。他曾经有过"女朋友"，名叫弗拉娜或是贝尔特拉娜，是他的同学。只要有人来家里做客，他便会坐在沙发上，腿交叉着，显得自己很重要，然后对客人们说：

"我有女朋友了。"

"哦，女朋友？"客人礼貌地问。

"是的。我的女朋友。"

"她叫什么？"

菲利普像是在思考，手摸着下巴上的小胡子，然后竖起食指开心地说：

　　"嗯……她叫茉莉亚娜。我们要结婚。"他仿佛是突然想到这个计划。"对！我们要结婚。"他激动地说，"然后我们坐飞机，去德国！"

　　"为什么要去德国？"

　　"坐飞机去。"

　　"是，我知道你们坐飞机去，但是为什么要去德国？"

　　"那儿有足球。"想要跟上他的逻辑可不容易。短暂沉默之后，菲利普开始向客人展示手臂上的肌肉，"看！快看！我最强壮！我有肌肉！"又讲了两三个小笑话之后，他起身向客人致意："现在我要去玩电脑了。"他还会说："你们接着聊，不用在意我，接着聊啊。"像是想要减少自己离开对大家造成的影响。

　　在两次类似的社交场合中，最初的那份羞耻感又向作家袭来，还带着一份难以言喻的无力感。若他第二天坐在电脑前静静思考，便会明白一直以来他都困在一种"不可能"之中：我儿子不是个正常人，如果非要把"正常"作为标准，那我每一天都不幸福，比我儿子还要不幸，对他来说，根本就不存在什么衡量标准。"问题在我自己。"他会这样对自己说，然后瞬间被烟瘾侵袭，迫切想要吸一口已经五年没有碰过的烟。他应该命令自己："放弃这场名为'正常'的赛马吧！"但他不喜欢命令语式。"没人能给我下命令。"——愚蠢的骄傲。他一辈子都在试图遵守、迎合着什么，到底是什么，他也没弄明白。

　　某次一家人去朋友家做客，朋友家的女儿和菲利普差不多高，两人从未见过面。菲利普走过去抱住女孩，在她嘴上亲了一下，然后说："亲爱的！我的心肝！她是我的爱人！"他模仿着演员的姿势，不确定自己的语法是否正确，这只是他在电视剧里看到的一个场景。女孩吓到了，推开菲利普，周围的人脸上都带着理解的笑容。这种时刻会有各种社会因素相互作用，紧张之感在五位熟人之间转瞬即逝，似乎"文明"需要跳动一下来适应新情况，这需要大家合作。父亲赶忙拉过儿子，"老实点，小伙子！这样做一点都不好！"菲利普瞬间感到抑制的电流流过，压制住他说不清的某种悸动。回到家之后，父亲和他谈话：

"你不能那样做，菲利普。不能看到女孩就亲人家。"菲利普举起手说："没事的，我是闹着玩的。天哪，女孩们！"接着他用手拍了额头一下，"我再也不那样做了，我错了，太糟糕了！"他看了一眼四周，想马上逃开，"我去画画。"

后来又有一次，他们到另一个朋友家做客，菲利普大胆地坐在那家女儿旁边，笑着拥抱了她，这次没有亲上去。"她是我女朋友。"——这只是小孩子过家家般的玩笑。父亲一直留心看着菲利普，他表现得挺好，但女孩还是因坐在自己边上的奇怪男孩而感到困扰，很明显，所有人都觉得困扰，就好像他们面对着一只无法了解的熊——看起来温驯却不知道会做出什么。其实菲利普不会做出任何激进或暴力的行为。"不是因为他是个好人，像刚离开伊甸园的亚当一样纯洁无知，"父亲想，他总试图用最准确的词汇去描述事物，"而是因为他的大脑还到达不了做坏事所需的聪明程度，就好像善是天生的，而恶则需要精心计划，这不就证明卢梭的观点是对的？"他笑了。"不，不对。好像善是在别人身上看到的一种社会价值，而恶则只源自我们自己。"菲利普在学校待了那么多年，只发生过一次打人事件，有个同学持续向他挑衅，他动手打了对方，然后因愧疚而沮丧，几天都没去上学。

父亲记起自己唯一一次打人的经历，那时他也就十二三岁。有个同学总招惹他，终于有一天，当他们在校门口等公车的时候，他没有忍住，给了对方一拳。如今他已不记得对方当时说了什么才惹得自己爆发，只记得那一记拳头把对方嘴打出了血。那孩子吓坏了，一边逃跑一边说："你这个疯子！我要去告诉校长！"但后来，对方并没有去告状，只是躲着他，避免和他坐同一辆公共汽车。未来的作家因那一拳而感到骄傲与自由，他尝到了暴行的愉悦与力量。成年后，他曾多次想起儿时那最初的一拳，并对自己说：拳头便是我为自己留的最后一手，谨防万一。面对着令他心烦的人——柜台后面的销售人员、过于热情的医生、银行职员、文学评论家、前台接待员（说他少复印了一份文件）、州政府官员——他会想："我如果给这狗娘养的一拳会怎么样？肯定不少人这样想过。"他为自己的想法笑了。"我是个复杂的人。"他想，就好像这是某种稀有的品质。"想让满腔热血冷却下来是多么困难啊！所以你用自己的方式避免与人接触，所以你逃避，所以你总喝酒！"他笑着又打开一罐啤酒。他知道他始终要戒酒，就像几年前戒烟那样再也不去碰。"我需要比我儿子活得长，这样他就永远也不会孤单。我是唯一了解他的人。"他自言自语，没意识到自己话中的愚蠢。

"我也是先有爱再有性。"作家享受着自己的谎言，在记忆中搜寻最初的一些片段。他不是个早熟的人。十五岁那年暑假时，他决定到位于安东尼那的老师家待一个月。他没有通知对方（那时还没有电话，也没人因此觉得不方便），结果到达老师家之后，他发现一家人第二天就要去旅行。老师建议他去离安东尼那只有一小时车程的巴拉那瓜镇，去找多萝蕾斯的一家人，他们即将搬到古汀佳岛，老师在五十年代时在那个岛上住过一阵子，现在他把房子借给多萝蕾斯，让他们搬过去。"你为何不去找他们呢？他们都是好人。你可以在岛上住些日子，肯定会是很棒的经历。"就像十九世纪小说里的人物那样，他拿到了老师写的一封长长的引荐信。"你到那儿之后，把这个交给女主人。"他不知该做什么，最终接受了老师的任务。他根据老师的描述，想象着多萝蕾斯一家人：一个喜欢诗歌的阿根廷女人嫁给一个在领事馆工作的乌拉圭男人（大概是领事馆，他一直没弄清），两人生了四个孩子。现在女人要和孩子们搬到古汀佳岛，男人还要继续留在城里工作。

"诗歌"、"岛屿"、"领事"、"外国人"，这些词汇让这个家庭有种特殊气氛。少年最终在镇子的主街道找到了多萝蕾斯家，那是一栋已经褪色的蓝色建筑，周围都是残垣断壁，这个镇子并不富裕。他把信拿在手上，紧张地敲了敲门，一个胡子拉碴、面相凶狠的男人出来应门。他穿着皱巴巴的衬衫，露出肌肉、伤疤和文身，个头大到几乎能将整扇门挡住，脸上的狠相让人想起狄更斯笔下的恶人。他用西班牙语说："多萝蕾斯出去了，六点回来。他们全家明天要搬到岛上去。"

他们？那开门的这位老兄是谁？当时是下午一点，少年在小镇的街道上闲逛，漫无目的地看着街上的建筑和行人，觉得时间似乎停住不动了。孤独感逐渐穿破保护他心灵的铠甲。在以后的人生中，每当他在某处游荡，总会被同样的孤独侵袭。他兜里有些钱，本可以找个饭馆吃点东西，但他太过害羞，最终只是在超市买了个三明治，站在路边吃完了。后来他看到街角报亭有一本黄色封面的书，是本侦探小说。少年买下书，坐在小镇广场的长椅上津津有味地读起来。故事太吸引人了，到了大概六点的时候，他很不情愿地把书收起来，又朝多萝蕾斯家走去，比起见多萝蕾斯，他更愿意继续坐在广场上看小说。白天应门的那个男人可没给他留下什么好印象。老师为他写的引荐信装在一个白信封里，没有封口，他把信封当做书签，夹进小说里。他其实很好奇信里到底写了什么，但始终没有看那封信，他不允许自己做出这样的行为。

　　这次是多萝蕾斯开的门，她长得很像小野洋子，这与少年所想象的完全不容。他把信交给多萝蕾斯，对方直接打开信看了起来，两人都站在门外。在等待的过程中，少年完全不知该对面前的女人说什么，他用舌头蹭着牙，心想也许自己应该回库里奇巴然后重新制订假期计划。多萝蕾斯看到信后明显高兴起来，让开身子让少年进门，眼睛都没从信上移开。她的笑容很有东方特色，但她其实是印第安人后代。她用浓重的口音说："快请进，你是诗人？"

少年发现原来"诗人"成了这里的特别通行证。他一直认为自己是个很糟糕的诗人，但老师总毫不吝惜地去表扬他。老师能够发现每个人身上的闪光点。屋子里是令人难以想象的脏乱景象，几乎所有东西都破破烂烂。门已经快掉了，沙发断了腿，地毯破了洞，灯上布满蛛网，一些书零散地躺在走廊地板上，书架已经断了。有几个孩子在屋子里乱窜，最里面的一张桌子边上坐着四个大块头，他们在昏暗的灯光下玩牌，用西班牙语小声说着什么。少年诗人觉得自己就像是匹诺曹正在快乐岛探险。有人给了他一杯酒，他小口品尝着，第一次陶醉于微醺的感觉之中。酒逐渐下肚，眼前的一切就像做梦一样，他周围有不少人，其中一位开始边弹吉他边唱歌。"他是镇子里很有名气的艺术家。"多萝蕾斯小声对他说。多萝蕾斯带他到厨房，桌上已有准备好的食物，"坐吧。"她说，她收拾起桌上几个脏盘子，然后和一个人（也许是他大儿子）聊着家务事，声音很轻。接着她开始一边削土豆，一边和少年聊天，询问少年的生活。这个家的整体环境很恐怖，但多萝蕾斯确实是个十分温柔的人。少年诗人努力清除头脑中的偏见，让自己在更自由的世界中重生——他正在执行来自老师的任务。

少年又咽下一口酒，感觉酒精灼烧着已获得自由的心灵，然后他看到了多萝蕾斯的女儿维吉尼亚。女孩与他年纪相仿，漂亮得如同瓷娃娃，他在看到的女孩的瞬间就陷入了爱河，接下来的一秒便开始幻想两人快乐地生活在一起，白头偕老，儿孙满堂，甚至可能就一辈子待在古汀佳岛上，远离城市，把日子都过成诗。他开始在头脑书写他一生中第一首情诗：星尘，天空，红唇，夜晚，"貌美如花"与"细沙"押韵。然而维吉尼亚是个轻浮的姑娘，她似乎更中意一位年龄三十左右，身材如同运动员一样的男子。那人是个司机，也作为客人正住在多萝蕾斯家。他长得很帅气，像电影明星似的，金发碧眼，总是光着上身，显露出好身材。少年诗人逐渐发现，那人就像电影里典型的恶人一样，心里盘算着坏主意，他盯上了因禁运而停在巴拉那瓜海岸的米西欧内斯号，那是一艘从阿根廷过来的船，因为一直没再继续航行，目前只由四位水手看管，而这四个人就坐在多萝蕾斯家的客厅无休止地抽烟、打牌，希望等船能够再次合法起航后捞点好处。船上目前已没有什么值钱物品，最有价值的恐怕就只剩下铜质螺旋桨。想要得到它，就得趁天黑潜到水下，把螺旋桨与船轴锯开，然后在夜色掩护下将其偷走，避免被海警发现，最后把它卖掉，能赚不少钱。米西欧内斯号孤独地漂在海湾之中，如同死去的鲸鱼。四位水手每星期都会从这艘"幽灵船"上拿东西出来——床、风扇、铜质零件，他们把能卖的全都卖了。

少年继续喝酒，杯子只要一空就会被蓄满，音乐声还在继续，大麻的味道飘散在空气中，那是他第一次尝试大麻。酒精、音乐和大麻让世界变得充满魔力。后来他开始呕吐，被大家带到外边吐了很久，偶尔抬起头时看到对面树顶上闪着若隐若现的光。他们让他喝水，喝了很多水，他觉得自己要死了，但讽刺的是，那是他人生中最完美的时刻。他很想睡觉，但恶心和头晕的感觉一直折磨着他，就像有个怪物在他脑袋里兴风作浪。整个世界都在转，停不下来。无论他多用力闭眼，都无法让意识陷入黑暗，直到破晓，他突然清醒过来，发现自己蜷缩在一个两人沙发上，嘴边流着口水。几束光线透过玻璃照进黑暗的室内，看上去像是由灰尘打造的刀锋。他听见有人在厨房聊天，"那孩子差点死掉。""谁也没注意他基本什么都没吃。""是个好孩子。"他闭上眼睛，感觉自己很安全，虽然脑袋里仍然有嗡鸣声。窗帘坏了，不能遮光，少年随着逐渐上升的太阳开始了新的一天，他喝了杯咖啡，又吃了几口面包，然后开始帮忙搬家。"你好点了吗？我们都很担心你。"多萝蕾斯解释说昨晚是他们临走前的聚会。看着完全恢复的少年，多萝蕾斯笑着感叹道："年轻就是好啊。"

少年诗人多次试图讨女神欢心，但维吉尼亚对他一直很冷漠。"没有比这更糟糕的感觉了。"他多次说道。不过一切都很好,苦难也可以为生活勾勒出美丽的框架。那天下午,他们乘一条捕鲸船向古汀佳岛出发。行李箱、小件家具、食物、一个炉灶和一个煤气罐占领了船上的空地,当然还有乔迁的人们以及在机缘巧合之下成为他们中一员的少年诗人。天很蓝,微风拂面,少年有些伤感,伤感中又带着幸福。远处的岛屿已逐渐显露形状,能看到岛上的树木、小山和岩石。听着发动机的轰鸣,看着蔚蓝的大海以及远处的岛屿,少年觉得这一切美景都是专门为他准备的,预示着一个绝对幸福的未来。在过去的二十四小时中,他似乎经历了重生,如今一个更加强大的他融进一个小团体中,俨然已变为成年人。就只差爱情了,他望着靠在船边的维吉尼亚,美得仿佛一座雕像,她正叫喊着和她哥哥吵架,多萝蕾斯走过去让两人安静下来。

　　菲利普同他父亲一样,也觉得女人是个不错的想法。学校的教育让菲利普获得了自由的心灵,自由心灵再加上一份纯真的热情使他开始更好地把握自己的笔触。菲利普最初的画作源于一种想把故事画在纸上的冲动，无心的线条勾勒出一个个并不完整的故事，后来他逐渐变得越来越有耐心，细心地画好每一笔，最终用画作展现出一个完全纯真的世界。"在他看来，"父亲揣摩儿子的想法，"所有事物都同时存在，绘画则是将它们描述出来的过程，毕竟现实与虚幻的界限很难用语言去准确描述。"菲利普说想和茱莉亚娜结婚，想去德国，还想踢足球。他所支持的帕拉尼恩斯足球俱乐部输球了，始终以自我为绝对中心的他所想出的解决办法就是成为一名球员，为帕拉尼恩斯效力。他穿上红黑相间的队服，把队旗挂在窗外，然后大声说："看啊！我会去参赛的！我要上场和他们一起踢！我已经有队服了，我要去射门！你觉得我这个主意怎么样？"他焦急地等待着父亲赞成他拯救球队的计划。然而父亲不能同意，他没有直接说出反对的话，而是拥抱了儿子："咱们就只做支持者好不好？就像爸爸这样。"父亲试图向二十五岁的"孩子"解释为什么他不能随便跑到场上与球员们一同参与比赛，但实在是太难了，需要涉及很多菲利普无法理解的词汇,比如:"职业性"、"运动员"、"成年人"、"规则"、"训练"以及"雇用"。这些词对菲利普来说就和"上星期"、"后天"一样没有任何意义,但是他能明白周围的人期待他做什么不做什么,这弥补了其他方面的不足。"哦,好吧,那我就只做个支持者。"视线转回电视屏幕,帕拉尼恩斯又输了一球。

菲利普的世界很简单,如同一个平面,没有透视角度,没有本质或意图,没有时间这一参数以及它附带的责任。在这个简单的世界里,"女人"也只是个没有意义的存在。生理冲动没能找到合理的社会解释,于是在半路粉碎。作家不确定自己的想法是否正确,但他觉得可能菲利普所理解的"爱"真正达到了诗人们所梦想的"爱的绝对维度":那是超越了时间与空间的深渊,是超凡的快乐,是与宇宙的心灵交汇——同时又是最绝对的孤独。是的,先感受到爱,再有对性的渴望——现实毫不留情地让每个人都成为爱的奴隶。

菲利普每周有两天待在画室作画。他的画笔触专业，色彩抢眼，受到大家欢迎。每个月他都会骄傲地拿出钱包，展示自己通过卖画所赚到的钱。他有个计划：赚很多钱，然后买下整个世界。若是做不到的话，就买件帕拉尼恩斯队的队服，这对他来说和买下全世界没有什么区别。菲利普的生活就如同一出哑剧，他将看到或听到的一切转化成动作模仿出来，并不了解其中的意义，绘画对他而言亦是如此。他作画不是为了以此来实现个人价值（这对他这个"永远的孩子"来说没有任何意义），而只是表演一个社会角色，找到一个能够定义他的位置。

　　菲利普每学会一件事都要付出很大努力。多心的父亲总觉得儿子接受了过多的帮助（他会发现是他错了），比如学画画的时候，菲利普的手指还不能够灵活地用画笔画出纤细的轮廓，因为神经不够成熟。他的画总是充满很多色彩，如同从彩色连环画中捕捉的片段。他经常把轮廓画得很粗，不够规整，于是充满耐心的女老师总会帮他画轮廓，这让作家觉得很别扭，他在思考"著作权"的问题，但"著作权"就和其他抽象词汇一样，对菲利普而言毫无意义，他完全不去考虑这方面问题，对他来说，绘画是可以和朋友们一同参与的快乐活动，是一种社交游戏。每当完成一幅作品，他都会被自己的画作所激励，感到十分骄傲。父亲逐渐意识到儿子的画作不再是简单的模仿与重复，而是有了属于他的个人风格。在疾病的影响下，菲利普对世界有着不同的理解，他通过绘画将之表达出来。

有些人总习惯自称为"艺术家"，菲利普也逐渐有了"艺术家"的姿态。作家知道，在成人的世界，自诩为"艺术家"就像是用力推开伊甸园的大门，进入其中之后便开始止步不前，最终只能隐没于失落天堂的暗影中。菲利普喜欢告诉别人自己是个"艺术家"。有时他会靠在墙边，双手插兜，两腿交叉，一只脚脚尖点地，看着挂在墙上的自己的作品，告诉别人他是"艺术家"（他只有在看着自己的作品时才能想起这回事），就像在主持属于他的一场典礼，脸上写满了骄傲。他很享受这一切。

父亲嫉妒儿子可以把"艺术家"、"宇航员"和"足球运动员"等词汇相提并论，并在下一秒把它们全部忘记。似乎对儿子来说，没有比扮演社会角色更简单的事情了，而父亲却一直找不准自己的社会。多年来，出于谦虚，他一直不愿和别人说起自己在写作，谦虚只是借口，他不过是个想要跻身于文学殿堂却没有受到邀请的人。他羞于称自己为"作家"，十五年来每当别人问起他的职业，他就会哑口无言，这便是他最大的痛苦。他觉得对别人说"我搞写作"就如同是在坦白自己的性生活或家庭问题这类极其私密的事，就像说出最黑暗的梦或最丑恶的欲念，像是和别人分享自己的呼吸。在坚持写作的很多年间，他深刻体会到作为作家所需要承受的压力，即使书出版了，也没有人读，没有回应，他不愿听到安慰的话语，因为很多安慰之词都充满了同情，把本是由自身选择导致的问题归咎于世界。他在自己那直径十米的小世界里埋首拼搏多年，最终他有了一份工作，一份很合理的工作，他成为了大学讲师，这让他松了口气，他终于有身份了，而且还算是比较重要的身份——在黑板前讲课的老师！他终于能够用汗水换来薪水，就像他父亲所希望的那样，就像他父亲的父亲曾做到的那样，这可以追溯到时间的开端继而延续到尽头。

作家偶尔会对着镜子中已不再年少的自己问："你青春时期的尼采去哪里了？"然后他笑着回答："被我留在了童年。"更确切地说，是留在了古汀佳岛的岩石上，那块巨大的岩石坐落于房前，可以站在上面眺望海岸以及远方地平线处的幽灵船"米欧西内斯号"，船已被贪婪的人们抢劫一空，他曾幻想过到船上居住。"我把童年留在了那块岩石上。"他纠正自己的话，像在拼凑诗句。多萝蕾斯和孩子们（包括他在内）总会坐在岩石上眺望远方，轻声聊着每天发生的事，感叹生活有多美好。夜晚到来的时候，明月会为大海披上银色的纱。少年诗人凝视着海面，幻想与维吉尼亚一同化身为自然的一部分。女孩就坐在他附近一米远的地方，却仿佛与他相隔一千光年的距离。少年幻想着在以后的漫长岁月中，他将逐渐领略每一件事物的意义，感受神在万物之中的存在（从那一刻起，上帝从他脑海中消失了）。若为这幅夜晚赏月的画面配上一个标题，那便是："精彩的生活"——新古典主义作品人物感悟真实。

似乎无需太久便能到达作家所设想的状态。必须对生活再进行一些纠正，谨慎地删除错误，备好辩解的言辞，否则我们将无法承受现实的重量。记忆都是虚假的，唯有因回忆而产生的快乐与陶醉之感才是真实的，就如同弗洛伊德的梦，梦境都是虚假的，只有梦中感受到的恐惧才是真实的，它让你满身大汗，最终惊恐地睁开双眼，逃回安全的现实世界。在古汀佳岛的房子里，有老师以前留下的书籍，全部因房屋漏雨而受潮，有些已被虫子蛀蚀，有些被蜘蛛网黏住。在多萝蕾斯忙着整理房屋的时候，已化身为书虫的少年贪婪地啃下一本又一本书，重返柏拉图的理想国。他阅读了卢梭的《忏悔录》以及萨特的《噜合》。有时少年觉得他已掌握了生活所需的所有知识，只是维吉尼亚没有发现这一点。多萝蕾斯的丈夫保罗每周都会到岛上去看望他们，带去食物和厨房所需用品。他身材消瘦，面相和善，说话的声音很轻，充满了神秘感。厨房的收音机每天要放一千遍南非歌手米瑞安·马卡贝的"巴塔巴塔"，少年在看书的时候，把这首歌不断重复的副歌部分翻译成"你肋骨上有跳蚤啊！巴塔巴塔！"，以此为乐。

跳蚤倒是没有，蚊子可有很多。为了防蚊子，他不管多热都穿长袖，像个摩门教徒似的，他用尽了各种方法躲蚊子，试过抽烟时把自己包围在白烟组成的光环里，但那依旧抵挡不住大批蚊子的侵袭，最后他到井边，把冰凉的井水直接从头顶浇下，连浇三桶，还像人猿泰山那样吼叫，这举动把除维吉尼亚以外的所有人都逗乐了，姑娘依旧表现得漠不关心，自顾自地梳理着头发。每晚的酒麻醉了神经，让被蚊子咬过的地方变得似乎没那么痒了。当没有烟抽的时候，少年会到院子里把地上的烟头都捡起来，取出剩余的烟丝放进罐子里，之后自己卷烟来抽。他在岛上一共待了四十个日日夜夜，这些记忆与之后加入戏剧团那几年的记忆交织在一起，时而分解成零散的碎片，沿着各自的路径向他袭来。多萝蕾斯在几年之后去世，死因是服药过量。刚从古汀佳岛回到库里奇巴的时候，他在车站第一次自己买了一包烟，卡碧牌，比一般香烟短，他吸了一口，感觉香烟夹杂着一丝伤感渐渐进入身体，但在内心深处，他觉得那是他一生中最快乐最幸福的时刻之一。

菲利普把纸和笔递给父亲，说："帮我写'公共汽车'。"他一直没学会读写，不过他能把看到的字母输入电脑，然后灵活的运用鼠标，浏览 Google 显示的页面。他已经掌握了 Windows 系统的基本操作方法，还会使用 Word 文档以及 Photoshop。电脑是人类历史上最复杂的科学发明之一，然而操作方法却十分简单，菲利普几乎没有经过学习就能够正常操作，这样的产品能够在世界范围内被广泛应用确实有其道理。菲利普会创建新的文件夹，他把它们命名为"菲利佩"或"孚利佩"或"孚利普"，总会多或是少几个字母。他能够书写一些单词（只会用大写字母），比如他的名字，球队的名字，他妹妹的名字。他想找的公共汽车是帕拉尼恩斯球队的大巴，他之前不知在哪里看到过，想找出图片来做电脑桌面壁纸，换掉之前的一张，他几乎每天都要换壁纸，无休止地更新：巴西国旗，帕拉尼恩斯体育俱乐部的球场，妹妹的照片，他自己身着西服的照片。父亲不喜欢穿西服，长到这个年纪也就系过五六回领带，但是菲利普很喜欢，他经常打扮得西装革履，摆出艺术家的姿势照相，然后用 CorelDRAW 图像编辑软件为照片加上他的名字、帕拉尼恩斯队的队徽，再拼接上其他一些照片，最后打印出来放在进相框，直到又有新照片来代替这一张。父亲在纸上写下"公共汽车"，儿子拿着纸马上跑到电脑前开始搜索，折腾了一会，他又来找父亲，说：

"不是这个。你没明白！写上'帕拉尼恩斯的车'。"

"你最好直接到官方网站上去找。"父亲解释道。

“没有，我没找到。”

“那你为什么不自己画一张帕拉尼恩斯的车呢？”

菲利普眼前一亮，像动画片里的德克斯特①一样拍着手，挑起眉毛，说：

“嗯……好主意！”

在菲利普的画中，大巴车会由八个轮子排成一排，每个窗口都有一张笑脸。他作品里的人物总是在笑，不知疲惫地笑着，即便是正在决斗的两位勇士也会面带笑容地挥舞手中的剑，笑着倒下，笑着死去，继而又在另一幅画中笑着重生。

时光流逝，父亲在他的“彼得·潘”身上寻找着成长的迹象，确实存在，只是像哑剧一样没有声音。绘画老师在商场办了一次画展，大家都去了。商场电影院在放映迪士尼新作《篱笆墙外》，菲利普不想看，因为他觉得“太孩子气了”。不愿看儿童电影的他却可以连续十小时（如

---

① 《德克斯特的实验室》，1996 年起在美国播出，是人气极高的动画。

果没人把他拽开）在电脑前玩《高卢勇士》游戏，并为无法过关而愤愤不平，而且再每晚睡觉之前一定要看动画片《飞天小女警》。

菲利普很难接受新事物或生活中的变化，他喜欢保持原样，父亲需要陪儿子把新节目从头看到尾，直到儿子发现新节目其实也很有意思。在儿子的世界里，足球逐渐产生越来越大的影响。"足球这项运动在世界范围内所产生的影响似乎已经超过了联合国。"父亲打趣地想，"这一领域的高层聚集了世界上最贪婪最腐败的人。无论这项运动扎根在哪个国家，都会立刻变为一场欺诈，转化为涉猎广泛的金钱运作，制造神话，成为世界上最赚钱的机器，标志着大众传媒的胜利。足球是有史以来最伟大的马戏表演，掀起了最空洞的狂热。"每当想到这些，他就会很气愤，但他也没能逃开足球的影响。这是一场不完美的舞蹈表演，没有一次传球能顺利经过五个人脚下而不出现失误，裁判更是算不上诚实，完全算不上，因为本身视野就有限，总有看不到的地方（世界上每一场球赛都会出现裁判不公的问题）。"尽管如此，"他想，"我们仍然为足球聚集起来，发自内心为这项运动呐喊助威。"对于足球的热爱使菲利普的心智逐渐成熟。

"足球这项运动有很多可取之处。"父亲叹了口气，他必须抛开自己对足球的成见，也许这样才能发现它的亮点。不同的球队让菲利普明白了什么是"个性"，足球比赛让他学会了如何面对失败所产生的沮丧。在刚开始迷上足球的那段日子，只要他支持的球队输了，他会立刻脱下身上的队服，到抽屉里找其他上衣换上。后来他逐渐理解了"忠诚"这个词的意义，对比赛的看法也发生了变化。他明白了真实的比赛与他在电脑上玩的足球游戏不同，他可以在游戏中完全不加思考地重复一千次同样的传球，但在观看真实的比赛时，他永远不会知道下一秒会发生什么，世界不再只是简单的重复过去，而是有了"未来"这一无法预测的维度。父亲觉得也许成千上万到体育场观看比赛的球迷正是被这种无法预测的感觉所吸引，下一刻便是一个崭新的未来，每一秒都是新的，这种感觉可不是日常生活所能提供的。菲利普最终明白了"现在"与"下一刻"的区别，是球赛让他理解了这种从哪里都学不来的抽象概念。

"还有其他的好处，"父亲掰着手指数着，"比如说促进社交。"世界被各个球队的支持者们划分为不同阵营，可以清楚地将他们分门别类。每当有新客人到家中做客，菲利普就会问对方所支持的球队。如果对方说是"富明尼斯队"，他就会回屋从自己收集的队服中找出富明尼斯的队服穿上，然后给客人一个拥抱。"外交式"拥抱结束后，他会再换回帕拉尼恩斯的队服，惹得众人哈哈大笑。比赛对菲利普而言不再是毫无关联的零散的游戏，他通过"联赛"明白了日期的概念。在《圣经》里面，世界被分为连续的部分，直到"最终战役"。"最终"这个词在菲利普脑海里便是总决赛时决定胜负的那一脚射门。

然而还有一个问题一直没能完全解决：菲利普不会区分比赛，他分不清巴西甲级联赛、巴西杯、州级联赛以及南美解放者杯。菲利普能在地图上准确指出一些州，比如巴拉那、圣保罗、米纳斯吉拉斯等,但他对"州"的概念还不清楚,同样也还不明白"国家队"是怎么回事,为什么不同俱乐部的球员到一起成为队友。经过父亲多次耐心的解释,菲利普最终能够区分巴西甲级联赛与南美解放者杯,但在每次赛季开始前,他需要重新去巩固之前所理解的一切。父亲知道这种认识与理解将是永无止境的,因为足球这样的运动本就没有尽头,总是不断地回归到原点,重新开始。

足球还带来了另外一个好处:让菲利普学会了认一些字。他可以通过名字来区分大部分球队,把它们输入进电脑,下载各队的队歌,高兴的时候就唱两嗓子。他容易搞混相似的名字,比如富明尼斯和费古伦斯,但他确实能够准确读出大部分球队的名称,虽然都只是些随机的词汇。父亲觉得这样也挺好,如果儿子完全掌握了读写技巧,便不得不离开他原本所在的简单的世界,然而他又不懂类似于比喻之类的修辞(他只能理解字面意思,不明白背后的含义),便只能活在一个只有字面意义的世界。"他永远不能进入我的世界。"父亲再次感受到他和儿子之间那条鸿沟的深度（也许所有父母与孩子之间都有这样的鸿沟），不过儿子每天清晨都会给他一个拥抱。

"儿子，今天又比赛！"

"今天？"菲利普开心地笑了。

"对！帕拉尼恩斯对战富明尼斯！"

"快通知克里斯蒂安！"

克里斯蒂安是他们的邻居，也是一位帕拉尼恩斯队的球迷。只要一有比赛，家里就成了球迷们的聚点。

"他会来的。"

"太棒了！我们会赢的！4比0！"菲利普激动地伸出一只手，然后看了一眼自己伸出的五根手指又笑了，"哎呀，我说错了，是5比0！"

"这次肯定会是场苦战。"父亲说。他是个不太乐观的支持者。"你觉得有没有可能是2比1？"

菲利普想了想，又伸出了手，这次是三根手指。

"3比0，肯定就这样了，你说呢？"

"好吧。不过这场比赛肯定不容易。你做好准备了吗？"

　　"是的！我很强大！"菲利普攥起拳头说："我们会赢的！"

　　"咱们来看看最后能不能赢。"

　　菲利普点点头，笑着说："让他们尝尝治疗咳嗽的苦药！"

　　这是他从父亲那里学来的一个比喻，他边说边假装咳嗽了几声，父亲开心地笑了。队旗挂在窗边，战士们终于坐到电视机前，又一场球赛开始了，父子二人都不知道结果将会如何。这样就很好。